Odile

FOLIO POLICIER

Elsa Marpeau

L'âme du fusil

Gallimard

Elsa Marpeau a grandi à Nantes. Ancienne élève de l'École normale supérieure de la rue d'Ulm à Paris, elle est agrégée de lettres modernes et titulaire d'une thèse sur le théâtre du XVIIe siècle. Elle a vécu à Singapour, expérience qui lui a inspiré son récit en forme d'autobiographie fictive *L'expatriée* (prix *Transfuge* 2015, prix Plume de Cristal 2013), et publié six romans à la Série Noire dont *Les yeux des morts* (prix *Nouvel Obs*-BibliObs du roman noir 2011) et *Son autre mort* en 2019.

À mes parents

PROLOGUE

J'ai tiré à bout touchant. Deux coups dans son ventre.

Son corps a basculé, il est retombé sur les tommettes. Une tache de sang a gonflé sous son dos, sous sa tête. Comme une peinture éblouissante.

Dehors, le jour commençait à se lever, une lumière chaude m'a enveloppé. Dans le silence parfait des champs, j'ai pris une bêche et j'ai creusé un trou.

Il n'y aurait pas d'autres funérailles que celles-ci, minuscules et bâclées.

J'ai jeté son corps dans le trou, que j'ai recouvert de terre. Avec mon pied.

Ensuite, je suis remonté dans la chambre et j'ai attendu.

~

C'était l'été d'avant le tremblement final, l'été d'avant l'Apocalypse, de l'écroulement du monde. Un homme qui, comme moi, a passé toute sa vie à la campagne sait toujours interpréter les variations du climat, lire les mots que tracent à dessein les volutes des nuages, comprendre à quel point l'alternance des saisons change le cours du ciel. Et des saisons, justement, il n'y en avait plus. Rien n'était comme avant. Mars avait été sublime. En mai, il avait plu sans arrêt, une petite pluie fine, tenace, une pluie salope qui vous trempe sans arroser la terre, à croire qu'elle s'est juré de vous glacer les os sans jamais atteindre le sol, de vous briser en deux sans faire pousser les semailles. Je savais qu'un jour, la planète se vengerait de nous autres, qui lui vidangions les tripes sans discontinuer, mais j'avais imaginé une vengeance plus grandiose, plus décisive. Un truc sec comme un couperet. Une météorite. Un cyclone, à la rigueur. Mais pas ce dérèglement poussif, ce brouillage lent et méticuleux de ce qui jusque-là faisait la chair de nos existences.

D'abord, les abeilles ont disparu. Pas en une fois. Non. C'était bien plus tordu, plus fourbe. Le temps qu'on s'aperçoive qu'il y en avait moins, elles avaient toutes disparu. On disait qu'elles s'étaient taillées à Paris, comme les mouettes rieuses et les goélands, parce qu'à tout prendre, il y avait moins de pesticides que dans nos belles campagnes françaises. Qu'est-ce qu'ils y pouvaient, nos paysans du coin, si leurs cultures crevaient quand on ne les abreuvait pas de cochonneries ? Qui aurait acheté leurs légumes pelés et biscornus, leurs tomates en forme de n'importe quoi, leurs pommes tordues ? Ici, la mode du bio nous a toujours fait marrer. Comment le voisin faisait pour avoir des courgettes biologiques quand le champ d'à côté baignait dans le Roundup ? Il ne fallait pas avoir plus de trois neurones et demi pour piger que ça ne voulait rien dire. Mais bon, tant que les bonnes gens seraient prêts à acheter leurs récoltes trois fois le prix en croyant qu'ils bouffaient le petit Jésus en culotte de velours, qui étais-je pour condamner ?

Je ne sais plus quand a commencé ce dérèglement des saisons, sans doute avec l'extinction des abeilles. Après, il y a eu les oiseaux. Ils étaient moins nombreux. Les coucous se sont envolés les premiers. Parce que les printemps n'étaient plus des printemps, les rouges-gorges pondaient plus tôt et, quand les coucous arrivaient, ils ne pouvaient plus laisser leurs œufs dans le nid des rouges-gorges. Et tout s'enchaînait comme ça, en cascade. Les crocus fleurissaient en automne, on avait vu des poiriers faire des fleurs en plein mois d'octobre.

J'ai fini par devenir comme les plantes, comme les saisons – j'ai perdu mes repères. J'ai perdu plus que cela : toute ressemblance avec moi-même, l'homme que j'avais été, que j'avais cru être. Mes goûts, mes valeurs, tout est devenu confus. Je me suis consumé corps et âme dans le grand brasier de ces étés brûlants.

PREMIÈRE PARTIE

L'HOMME DU LAC

UN

Mon histoire particulière, mon histoire sanglante, se tisse en filigrane dans les réseaux secrets de l'univers.

Cet été-là, la chaleur nous écrasait et pourtant on en avait connu plusieurs des mois d'août arides, suffocants et moites. On avait presque fini par s'habituer. Je me souviens qu'en 2003, ça nous avait pris par surprise. On ne savait pas ce que c'était, la canicule. Ils avaient parlé aux informations du soir d'une « vague de chaleur » qui s'était abattue sur la France. À mes yeux, elle n'avait rien d'une vague, cette touffeur d'enfer. Les champs avaient cramé, des incendies avaient embrasé les forêts, les vieux avaient été emportés. Comme les autres, j'avais cru à un événement exceptionnel, qui ne se reproduirait pas avant un siècle. Et puis c'était revenu. Et puis ça revenait. Encore et encore. C'était devenu notre vie, ces étés torrides et blêmes.

Les tempes de Maud gouttaient, ça faisait des clapotis sur le sol. Comme elle était un peu grasse, on aurait dit qu'elle dégorgeait. Elle suait, s'épongeait le front du revers de la main, le dessus des lèvres, elle levait les bras pour aérer ses aisselles trempées, pendant que je la lorgnais du coin de l'œil, à moitié écœuré, à moitié excité de voir son corps d'une blancheur crémeuse, sa peau de rousse, se répandre sur les carreaux de la cuisine. Elle tentait de s'éventer, elle avait mis la hotte en marche, au-dessus du four, pour se rafraîchir un peu.

On était dimanche, la première semaine d'août, et on était tous là, Maud, Lucas et moi, avec Max, mon épagneul, Lucas allongé sur le canapé, un cône de glace à la main, scotché à son téléphone, et moi qui allais de la cuisine à la salle télé, désœuvré, en attente de quelque chose qui ne venait pas, ne venait jamais, un signe, une modification des conditions générales de ma vie.

On était dimanche, par une chaleur écrasante, et comme je n'en pouvais plus d'entendre le bruit de l'aérateur d'odeurs, et les vociférations de la télévision, et les bips à la con du smartphone de Lucas, qu'il faisait trop chaud pour tant de bruit, et Maud qui se tordait les bras pour placer ses aisselles le plus près possible de l'aérateur, avec ses grandes dents blanches, ses grandes dents que je croyais presque entendre grincer les unes contre les autres, grincer de chaleur, des essieux mal huilés, alors j'ai attrapé mon fusil au clou, j'ai sifflé Max qui courait dans le champ. Et j'ai claqué la porte.

D'habitude, je sors rarement le Remington en dehors de la saison de la chasse. J'attends patiemment derrière ma fenêtre que les feuilles roussissent dans le champ, mais j'avais trop chaud ce dimanche-là, et la chasse anticipée qui devait commencer début août avait été retardée au quinze alors, d'un certain point de vue, j'étais presque dans la légalité. De toute façon je savais qu'en cas de pépin Petiot me couvrirait, et surtout les gendarmes de Courcy-aux-Loges, qui étaient des copains. Pour éviter de trop me faire remarquer, j'ai décidé d'aller voir ce que je trouvais du côté du bois d'en face.

Notre terrain comprenait une maison, un champ de trois hectares et la lisière du bois – le reste du terrain appartenait à une autre propriété, qui restait vide depuis quelques mois. Nous, on avait une grande maison de deux étages : en bas, à gauche quand on rentrait par la route, se trouvait la salle télé, séparée de la pièce principale par un rideau de breloques, qui tintaient à chaque fois qu'on traversait d'une pièce à l'autre ; au centre, c'était une vaste pièce, un peu sombre – il aurait fallu faire une véranda mais, depuis mon chômage, on n'avait plus les moyens –, garnie de belles poutres en bois foncé, d'une immense table en chêne et d'une cheminée. Cette salle était prolongée par une « cuisine américaine », là où Maud se ventilait les aisselles. Au premier, on avait installé une salle de bains et notre chambre. Une autre pièce servait de débarras pour mes outils et les anciens cahiers de classe de Lucas. Le deuxième, c'était encore Pompéi – tout était resté figé dans son jus originel, les travaux n'étaient pas encore finis, alors qu'on avait la maison depuis vingt-trois ans. Lucas y avait fait son nid.

Si je voulais une maison aussi grande, c'est parce qu'à ce moment-là je croyais que les revenus grimpaient avec l'âge, que les crédits se remboursaient à taux variables, et que j'espérais avoir beaucoup de petits-enfants. Je m'imaginais bien, en bout de table, vigilant, autour des enfants de mon fils et de sa femme. Ça te paraîtra peut-être idiot, Pierre, mais pour moi le sens de la vie se résumait à peu près à ça : une famille, des enfants gentils et bien élevés, des garçons avec qui on organiserait d'immenses parties de chasse et des filles aux longs cheveux soyeux.

Dans le champ, j'avais planté trois cerisiers, deux noisetiers, trois pommiers, quatre pruniers dont les fruits à la peau sanglante se détachaient sur le vert du champ, à l'herbe drue et verdoyante – une de mes fiertés, la raison pour laquelle j'ai un jour fait la folie d'acheter un petit tracteur de mille cinq cents euros, que Maud a mis quelque temps à digérer. Il faut dire qu'elle remboursait toujours la maison, une ruine qu'on avait achetée pour presque rien à l'époque, avec ce grand terrain, et que j'avais bien retapée pendant ces vingt dernières années. Le bricolage, comme le gros œuvre, ça m'a toujours plu, sans compter l'aide de Steeve et de Didier.

Mais je m'égare. Revenons là où tout a commencé : au fond des bois, près du lac.

Mon champ était prolongé par des bois d'environ quatre à cinq hectares, dans lesquels se trouvait un lac où vivaient des canards et des oies sauvages, et dont la lisière seulement m'appartenait. Le découpage des terres, dans les villes de campagne, révèle l'ineptie de la propriété privée – des parcelles d'un mètre carré de large, striant votre terrain, appartiennent parfois à un gars qui loge à des kilomètres de distance. Une fois, j'avais voulu me porter acquéreur d'une languette de terre qui jalonnait notre champ, mais le propriétaire avait disparu, peut-être qu'il était mort, et on n'a jamais retrouvé ses héritiers. Je marche dessus mais elle n'est pas à moi.

C'est une des raisons pour lesquelles j'aime la chasse : la chasse, c'est d'autres lois, d'autres règles, des territoires qui s'étendent au-delà des aberrations administratives – la terre ne se parcellise pas, ne se découpe pas, la terre reste indivisible.

Je ne suis pas communiste mais délimiter un domaine avec une clôture et dire qu'il nous appartient, c'est un truc que je n'ai jamais compris. Comment peut-on acheter un arbre, des forêts, des rivières ? Pour ce que j'en dis, la nature devrait appartenir à tout le monde. Elle ne peut pas se posséder sur un bout de papier signé chez le notaire. Un jour, ils vendront la lune, les étoiles et le vent.

Souvent j'allais plus loin que ma parcelle. Je rentrais dans le bois d'en face, j'allais chasser sur les terrains environnants, mais, avec les gendarmes dans la poche, rien ne pouvait m'arriver. Le chasseur chasse là où se trouve le gibier, et le gibier ne choisit pas forcément les délimitations tracées sur les actes de vente, il choisit d'autres frontières, celles d'un monde différent qui nous appartient durant toute une saison. Les gens se plaignent qu'on tire sur leurs terres, ils nous trouvent dangereux : c'est vrai que j'aime les armes, le bruit des balles dans le silence des forêts, j'aime viser le canard en vol, ses plumes qui brillent, et le voir tomber dans un nuage de poussière, qui couvre ses ailes d'un voile – certaines espèces ont des plumes bleutées.

Le chasseur devient roi d'un domaine instable, qui change selon les saisons et le hasard ; il devient roi, non pas de la terre, mais de sa surface, de ses animaux, de son ciel. J'aimais encore voir les empreintes que formaient mes bottes sur la terre – ma carabine Remington à l'épaule, que je caressais du bout des doigts, son encolure de cygne posée contre ma paume. La beauté du petit matin, les reflets sur un lac, tout cela existait parce que la mort brillait au bout de nos fusils, et il ne fallait pas la semer au hasard, il fallait être attentif, parcimonieux, faire des économies de carnage.

Le chasseur préfère la beauté du geste à son efficacité. Il connaît la nature dans son intimité la plus crue. Mais la chasse allait mourir, on le sentait tous. Elle avait entamé une dégénérescence qui s'aggravait davantage à chaque saison. Tous les ans, le comité s'inquiétait : malgré les résultats des comptages de printemps, qui nous avaient donné des espoirs, la canicule de juillet n'avait pas permis la réussite des couvées. Les taux de reproduction chutaient sans discontinuer. Les poules de printemps faisaient moins de petits. Quant aux lièvres, même si la reproduction semblait moins mauvaise, leur densité ne permettait pas d'accorder plus d'un capucin par chasseur pour cette nouvelle saison. Les temps d'abondance étaient révolus ; fini, les parties de chasse en rabat. La chasse n'en finissait plus de mourir.

L'ouverture anticipée au gibier d'eau, qui était prévue pour le dix – je connaissais des gars qui avaient posé leurs vacances exprès à ce moment-là –, était repoussée jusqu'au premier septembre dans la Somme, en Loire-Atlantique, en Charente-Maritime et dans les Bouches-du-Rhône. La LPO continuait à nous mettre des bâtons dans les roues.

Mais il y avait pire. L'air du temps. Les gens n'aimaient plus ça. Ils nous traitaient de brutes, d'assassins. Ils voulaient toujours de la viande mais sans tuer les animaux. Les images d'abattoirs faisaient le tour d'Internet. Les gens devenaient émotifs. Même moi, ça ne me laissait pas insensible. Mon fils aimait bien me tester avec ces horreurs-là. Il m'avait passé des films où des poussins se faisaient broyer vivants. On a beau se croire immunisé contre la sauvagerie, ça vous retourne le cœur.

La souffrance des bêtes, je comprends. Et je comprends parce que je l'ai vue de mes yeux. Des truies en pleurs parce qu'on a pris leur petit, les cris de désespoir d'une vache qui va mourir. Mais les gens confondent tout. Ou ils sont hypocrites. Ils veulent juste qu'on tue les animaux loin de leur assiette. J'entendais bien que certains arrêtaient de manger de la viande. Je me demandais depuis quand et si c'était lié au marasme des saisons et à la mort des oiseaux. En tout cas, mes copains et moi, dans ce nouveau monde où les fleurs s'ouvraient n'importe quand et où l'été commençait en hiver, on était clairement passés de mode.

Je suis pourtant sûr de connaître la nature et d'aimer les animaux bien plus et bien mieux que ces types-là, qui chouinaient sur la souffrance des porcs alors qu'ils n'en avaient jamais vu qu'en photo, ou de très loin, en se bouchant les narines.

~

J'ai repris ma route dans la forêt, suivi de près par Max, dont les poils gris se fondaient entre les branches d'arbres immenses, laissant tous les deux des empreintes sur la terre qui, plongée en permanence dans l'ombre par l'épaisseur des feuillages, restait humide en toute saison. Je n'ai pas tardé à rejoindre le lac, un lac d'environ un hectare, un peu surélevé par rapport à ma propriété, recouvert de feuilles de nénuphars au-dessus desquelles volaient de longues libellules bleues.

Pour ne pas éveiller l'attention, j'ai posé ma gibecière dans l'herbe, je me suis tapi derrière les roseaux bordant l'entrée du lac et j'ai attendu sans plus faire un geste, scrutant le ciel, la terre, l'eau, scrutant l'arrivée des canards. Je pensais beaucoup à Lucas, ces temps-ci, il me donnait un peu de souci, son silence, je ne sais pas, ça ne me disait rien qui vaille, mais je mettais tous mes espoirs dans la chasse et, comme il venait d'avoir seize ans, je lui avais fait passer l'examen théorique dès la session de juin. On s'était rendus ensemble à la Fédération départementale des chasseurs pour remplir un formulaire, après quoi le gosse avait suivi une formation pratique, puis il avait passé son examen, le dix-huit juin.

La veille, pour le détendre, je l'avais emmené à Orléans, pour la bourse d'échange de nains de jardin au parc floral de la Source, mais comme il fallait s'y attendre, le gosse n'avait pas été réceptif. Il nous prenait pour des cons. Il croyait qu'on était sérieux. Il ne comprenait pas que ça nous faisait rire, ces petits machins en céramique. Moi, je les aimais bien. Ils avaient quand même l'air plus aimables que nos frères humains. Plus souriants, plus joyeux. Mais les adolescents n'ont pas le sens de l'humour. C'est des choses qui viennent avec le temps, et les déceptions, quand tu comprends que rien n'est sérieux et qu'au fond, vite ou lentement, tu finis toujours dans le mur.

L'examen, à la maison, on avait croisé les doigts parce que, vu l'animal, on ne croyait plus qu'il puisse réussir nulle part. Il devait passer un test audiovisuel où on lui posait vingt et une questions sur les règlements et les lois de la chasse, sur les armes et les règles de sécurité, et d'autres choses encore. J'avais surtout peur pour les lois ou quoi, parce que le gosse étant né au milieu des armes, si je puis dire, il en connaissait un rayon. Il a obtenu dix-sept bonnes réponses. On est allés fêter ça tous les deux. J'étais fier de lui, mais au café, ça ne s'est pas passé aussi bien que je l'avais espéré, enfin pas mal non plus – on a bu notre verre et on est rentrés.

Là, tapi dans l'herbe, les yeux au ciel sans vraiment voir, je nous imaginais tous les deux, père et fils, côte à côte, silencieux, tendus ; j'avais tellement hâte de lui faire partager la tension, l'eau des lacs et des marais, les ciels d'automne, le frisson délicieux de celui qui vient de toucher sa proie, qui ne l'a pas forcément tuée – le canard démonté, qui peut piéter sur la terre –, mais qui vient de lui briser l'aile.

~

Soudain, j'ai été arraché à mes rêveries par des bruissements de feuilles au loin, de l'autre côté du lac. Reprenant mes esprits, j'ai épaulé et attendu de voir l'animal. Un bosquet bougeait, en face, de l'autre côté, la bête devait être de grosse taille, peut-être un sanglier. Comme elle ne se décidait pas à sortir, je visais le bosquet quand, juste sur le point de tirer, j'ai remarqué une forme pâle, qui sortait des branches. Ce n'était pas un sanglier, c'était un homme.

Et, je ne sais pas comment le dire, un homme nu. Jeune et nu.

Il était sorti du bosquet et s'avançait vers l'eau. J'ai cru être en proie à une hallucination : la maison du lac restait inhabitée depuis plusieurs mois, cet homme était comme Adam avant d'être chassé du paradis, et il allait se baigner dans les marais, emmêlés de racines et d'insectes.

Quelque chose ne tournait pas rond.

Je l'ai regardé pénétrer dans l'eau sans bruit. La végétation écartait ses branches pour lui frayer un passage. Pas un clapotis, presque rien ne venait rider la surface verte. Je retenais ma respiration. En moi, une sensation d'étouffement grandissait. Un peu comme si je me noyais à mesure qu'il avançait plus loin, plus profond.

À mieux y voir, il n'était pas si jeune que ça. La trentaine avancée, peut-être même plus de quarante. Mais une grâce juvénile. Grand, fin comme une branche, voire maigre, malgré une sorte de robustesse. Le contraste était vraiment bizarre. On aurait dit qu'il était malade, son corps était faible, il ployait. Le bas de son ventre était couvert de cicatrices. Pourtant, le haut de son corps était puissant, ses épaules larges, les muscles d'autant plus dessinés qu'il n'avait que la peau sur les os. Une peau très pâle.

J'ai sorti mes jumelles de ma poche. Il avait des cheveux noirs et une bouche de fille. Il avait des poils drus très sombres, ce qui donnait à son bas-ventre une agressivité indéfinissable.

Je l'ai regardé se baigner dans le lac, de l'eau jusqu'au cou, s'approchant de moi à tel point qu'au travers des jumelles j'ai pu voir la couleur de ses yeux – des yeux vert très clair, de grands yeux de fille. Je croyais les voir s'ouvrir et se fermer. Je croyais entendre le battement de ses cils. Autour de lui, volaient à ras de la surface des demoiselles au corps bleu électrique.

J'ai toujours été un bon nageur. Mais, pour moi, cela signifiait traverser une distance en alliant vitesse et puissance. Lui, l'inconnu du lac, a créé une nouvelle dimension. Un moment de grâce. Il n'allait pas d'un point à un autre, il était à chaque instant là où il devait être.

Son corps blanc se découpait sur l'eau verte et

noire, il semblait ne faire aucun effort, il appartenait à ce lieu au même titre que les demoiselles. Je me serais presque attendu à l'entendre chanter.

J'ai attendu. J'ai attendu des heures. J'imaginais que les racines s'enroulaient le long de ses jambes, qu'il se fondait aux nénuphars. Puis il est remonté sur le bord – voir son dos, le voir de dos, sa jambe s'arc-boutant, son pied s'enfonçant dans la terre amollie par l'eau lourde des marais, son talon glissant dans la boue, le muscle crispé de sa cuisse. Il a disparu dans les taillis comme il était venu. Alors seulement, lentement, engourdi, je me suis relevé, le devant de mon pantalon trempé d'être resté ainsi face contre terre.

Je ne peux absolument pas exprimer ce que je ressentais en faisant route arrière vers la maison, vers Maud et Lucas : je me sentais de la rancœur, de la haine, en même temps des idées bizarres m'assaillaient, je ne saurais pas exactement décrire lesquelles, toujours est-il que je suis rentré en colère et, comme chaque fois que je suis énervé, j'ai le sang qui bout et le cerveau qui s'obscurcit – une sorte de réaction chimique, un choc.

Quand j'ai vu Maud, les bras relevés vers l'aérateur d'odeurs, je n'ai plus senti de répugnance, ou alors une sorte de répugnance si forte que j'ai eu des explosions d'images dans la tête : je l'ai vue à quatre pattes, pliée, ployant sous mon poids, ou rampant sur le sol, sur les tommettes de la cuisine intégrée, les fesses relevées plus haut que la tête et les épaules, des images d'abricot qu'on ouvre en deux. Je me suis avancé derrière elle, le son de la télé couvrant mes pas, et je lui ai saisi les seins.

Elle a sursauté, s'est retournée pour me jeter un regard de colère mais moi je pensais au corps nu du voisin, à Lucas qui regardait son écran, à Max qui me scrutait aussi du coin de l'œil, et ça s'emmêlait tout ça, et ça me rendait fou.

J'ai pris les seins de Maud dans mes mains, elle s'est débattue alors j'ai arrêté. J'ai attendu de voir si elle jouait ou si elle ne voulait vraiment pas. Mais elle voulait bien. Elle a haussé les épaules. Et dans un sens, il n'y avait que ça à faire. Ce n'était pas encore l'heure de dîner ni rien. On avait au moins une heure à tuer.

On est allés dans la chambre. J'ai saisi ses cheveux sans lui faire mal – elle s'était fait une tresse qu'elle avait roulée en chignon –, j'ai déroulé la tresse. J'aimais bien ses cheveux. Ils lui tombaient en cascade jusqu'aux reins. Ils avaient une couleur d'hiver, de feuilles mortes et de feu de bois.

J'ai tiré un peu, juste pour l'entendre gémir. Ses cheveux s'éparpillaient, s'échappaient de toutes parts, en liberté. J'ai commencé à relever sa jupe et à ouvrir son corsage, sortant ses seins de son soutien-gorge mais sans la déshabiller, préférant la prendre comme une fille de ferme, puis, en tirant gentiment sur sa tresse dénouée, je l'ai forcée à s'agenouiller, après quoi je l'ai remise debout, de dos, et je lui ai agrippé les épaules pour la basculer.

En remettant de l'ordre à ses vêtements, elle m'a lancé un petit regard avant de redescendre à la cuisine, sans dire un mot. Mais je le déchiffrais quand même : elle ne comprenait pas cet élan imprévu, en plein après-midi. Non pas que je ne le fasse jamais mais j'étais plus du genre « lit le samedi soir » que « local poubelles à onze heures du matin ». Et pour être très honnête, il y avait bien des activités qui m'intéressaient davantage que le sexe. La chasse en faisait partie. Elle offrait tellement plus. Du soleil, du vent, de longues périodes de concentration suivies d'une brusque décharge d'adrénaline sauf que, contrairement à la copulation, on pouvait recommencer la séquence indéfiniment. Si on avait mesuré le taux de sérotonine libérée dans l'une et l'autre activité, on aurait sans doute, dans mon cas en tout cas, pu prouver à quel point tirer un coup de fusil procure plus de plaisir que de tirer un coup.

Maud ne comprenait donc pas le déclencheur de mon désir. Et moi, juste un peu : je voulais effacer les visions déplaisantes que l'inconnu avait imprimées sur ma rétine. Je voulais que le corps de Maud efface celui de l'inconnu. Que sa chair tendre et rose chasse l'intrusion du corps étranger. Et ça avait marché. Je me sentais mieux. Maud avait rejeté l'apparition aux abords de ma conscience, dans un lieu où il n'apparaissait plus que comme un demi-rêve, ou un demi-cauchemar. Il s'effilochait.

À propos de cauchemar, j'en ai fait un dans la foulée, moi qui ne rêve jamais. Épuisé par toutes ces émotions, je me suis allongé sur le canapé, près de Lucas. La télévision était allumée mais il ne la regardait pas, il jouait à un jeu de voitures sur son téléphone. J'entendais les conversations stupides des personnages sur l'écran, une histoire de mère qui sortait du coma. Puis je voyais Maud nue qui me tournait le dos et prenait la fuite. J'essayais de la retenir mais il était trop tard. Elle courait. Je ne voyais que ses fesses et son dos blancs, laiteux, disparaître dans le lointain. Après, j'étais debout et nu devant mon père. Je ne voyais pas ma mère mais elle était assise derrière moi dans la cuisine et me regardait. J'avais fait une bêtise, mais le cauchemar ne spécifiait pas laquelle, et je devais être puni. Mon châtiment consistait à ce que mon père me verse de l'eau bouillante sur le corps. Il tenait une grande casserole et commençait à m'ébouillanter les pieds, les mollets, puis les cuisses, il remontait jusqu'à me brûler le visage. Je pleurais – je précise que, dans ce rêve, j'étais un adulte – mais aucun son ne sortait de ma bouche. Juste des bulles bleues qui crevaient dans l'air. J'espérais que ma mère arrêterait le supplice mais elle regardait et ne faisait rien. Je voulais crier, il n'y avait que les bulles d'air, et je me suis réveillé en sursaut.

Quand j'ai refait surface, Lucas m'a regardé d'un air étrange. J'avais peut-être parlé, ou gémi. À mieux y regarder, son regard n'était pas étrange, il était vide. Il était ailleurs, dans une autre dimension que la mienne. Je lui ai proposé de jouer aux cartes mais il était perdu dans son écran. J'en ai ressenti un pincement au cœur, le sentiment que rien ne comptait si mon fils continuait à éviter mon regard et à garder les yeux rivés sur sa saloperie de téléphone portable. Je haïssais le progrès, il m'avait volé mon gamin. J'aurais pu en blâmer l'adolescence, les hormones, et c'était en partie vrai. Mais les écrans avaient quand même emporté, pour toujours, une parcelle de son âme.

Après ces événements, et après avoir retrouvé un peu mon calme, je me suis remis à attendre. En y repensant, je passais ma semaine à attendre, attendre tout et rien, un je-ne-sais-quoi venu changer les conditions générales ou particulières de ma vie, rien, presque rien, attendre que Lucas rentre de l'école vers dix-sept heures trente, attendre que Maud rentre du travail, parfois vers minuit, parfois même vers une heure du matin – elle était serveuse au Grand Gâtinais, le restaurant huppé du village, au menu deux étoiles (deux cents euros minimum, vin non compris), où venaient même des clients des villes alentour, d'assez loin, pour des dîners d'affaires, pour les mariages, les événements. Mais quand ils étaient revenus, Lucas et Maud, il ne se passait rien de spécial, rien qu'une atmosphère de déjà-vu, des phrases déjà dites, mille fois prononcées, remâchées, digérées comme une vieille pelouse par un troupeau de vaches. Je ressentais toujours un petit pincement au cœur, une légère déception – pour un peu j'aurais voulu qu'ils repartent, juste pour voir si ça influencerait le cours des choses. Mais pas vraiment. Jamais vraiment. Le cours des choses restait immuable, il était cousu d'événements minuscules qui, dans leur alternance même, se répétaient à l'infini. Ma vie était tissée dans ce motif repris à l'identique. Pas de trou, pas d'accroc, rien qui différenciait un jour d'un autre.

Les choses se déroulaient avec la précision d'une horloge de gare : Lucas rentrait à dix-sept heures trente, parfois plus tard, il me disait qu'il était allé voir sa mère mais on savait tous les deux que c'était faux – à seize ans, ça faisait longtemps qu'il ne traînait plus dans ses jupes –, on savait tous les deux qu'il était allé faire un baby-foot ou un flipper au bar, mais je ne répondais rien tant qu'il ne rentrait pas avec un coup dans le nez. Bref, il rentrait et se plantait aussitôt devant la télévision ou devant son écran de téléphone, sans parler. Moi de temps en temps, assis à côté de lui, je lançais une conversation mais, une fois qu'il avait répondu avec le moins de mots possible, c'était fini, la discussion retombait et je ne trouvais rien à dire de plus. Patrick, l'élite du hameau, le copain en chef, m'avait conseillé de l'initier sans tarder à la chasse. Tous les cafouillages d'éducation s'arrêteraient immédiatement. Il me répétait que ce serait la solution, la fin des emmerdements, la reprise en main avec des rênes de velours. Depuis ce moment-là, je ne m'en faisais plus, j'attendais la fin de l'été pour l'emmener avec nous, en me promettant de lui en mettre plein la vue.

Maud travaillait souvent tard le soir, pendant que j'attendais avec impatience son retour, assis à la table de la cuisine, guettant le moteur de la 208, le bruit des pneus sur les gravillons, le claquement de la portière, la barrière qu'elle allait ouvrir, refermer, le bruit de ses pieds sur les gravillons, le claquement de la porte d'entrée. Elle déposait un baiser sur ma bouche mais parfois elle manquait la cible, m'embrassant sur le menton ou sous le nez, elle ne remarquait rien, elle s'asseyait à table en soupirant et, moi qui avais attendu toute la soirée son retour, je me sentais envahi d'ennui, vraiment submergé. Je n'avais plus qu'une hâte : dormir.

Le dimanche, Maud travaillait au Grand Gâtinais le midi, mais pas le soir, on passait donc la fin d'après-midi en famille. C'est pourquoi toute ma semaine se passait à espérer le dimanche – entendre le pas de Maud dans la cuisine, le tintamarre de casseroles, manger comme des rois – parce que d'habitude, elle avait beau trimer dans un restaurant deux étoiles, on ne peut pas dire qu'on festoyait, vu l'heure à laquelle elle rentrait, et, s'il lui arrivait de nous préparer le matin, avant de partir au travail, des plats qu'on réchauffait vite fait au micro-ondes, ce n'était jamais aussi bon que le dimanche. La télé crachait à plein tube toute la journée.

Mais surtout, le dimanche, c'était le jour des copains. Le vrai changement résidait là : tous les dimanches soir, on s'invitait les uns chez les autres à tour de rôle, comme un rite. Patrick, Steeve, Didier et moi.

Steeve, qui était maçon, avait accepté pour dépanner de prendre Didier sous ses ordres. Steeve et Didier, c'était les aimants, le pôle plus et le pôle moins d'un circuit électrique : Steeve, petit, gros, chauve, un type à la main lourde, à la colère violente mais au grand cœur, même si Corinne, sa femme, devait avoir une opinion différente sur la question. Didier, lui, n'avait pas trop réussi. Il avait son charme mais il était bizarrement foutu, avec son gros buste et ses petites jambes. Il était d'assez haute taille, mais tout en bras et en épaules. Sa femme l'avait quitté pour le boucher de Chilleurs-aux-Bois, si bien qu'il devait faire quelques kilomètres de plus, jusqu'à Courcy-aux-Loges, pour ne pas la croiser en achetant sa viande. Personne ne voulait de lui nulle part, alors Steeve l'avait embauché. Mais ça créait entre eux des tensions, une hiérarchie qui ne se dissipait pas en dehors des heures de travail.

En me relisant, je m'aperçois que quelqu'un qui ne me connaîtrait pas, qui ne serait pas du hameau, qui par conséquent n'aurait pas eu d'échos sur moi par ses parents ou ses grands-parents, que ce type-là pourrait se demander si ce n'est pas l'hôpital qui se fout de la charité. Se demander d'où un type comme moi peut regarder de haut un type comme lui, ou n'importe qui.

Et toi, Pierre, toi qui ne me connais pas vraiment, juste par ouï-dire, laisse-moi rectifier le tir sans tarder, avant de te faire des idées : moi, ce n'est pas par choix que j'étais au chômage. Je suis dur au mal. Je n'ai pas peur de l'effort. J'ai bossé pendant vingt ans comme agent de conditionnement dans l'agroalimentaire. Je mettais des petits pains et des viennoiseries dans des cartons huit heures par jour. J'ai été foutu dehors en 2018. Licenciement économique. Après vingt ans, putain. Vingt ans d'une cadence à rendre fou, vingt ans d'enfermement dans une usine sans fenêtres, vingt ans plongé dans une atroce odeur de farine. J'en pouvais plus à la fin : dès que j'étais en présence de deux grammes de farine, j'avais des haut-le-cœur. Des fois c'était si violent que j'allais vomir pendant la pause. Mais je reprenais, je te jure, je reprenais vaillamment. Purgé de cette odeur doucereuse, infecte et suave. Et puis ça a été terminé. Du jour au lendemain.

Au début, j'ai cherché. J'ai envoyé des candidatures, j'ai même passé des entretiens, mais on ne me rappelait pas. J'étais trop vieux déjà. Je coûtais pas tant que ça, mais c'était quand même trop cher. Il valait mille fois mieux pour eux prendre un gars de vingt ans avec un salaire plus bas et des réflexes plus sûrs.

À force de refus, j'en ai pris un coup dans l'aile, ma motivation a chuté sous le niveau de la mer. Honnêtement, j'aimais mieux rester chez moi que m'entendre dire que je ne valais plus un clou. Je me racontais que j'allais me donner du courage en attendant une semaine de plus. Et les semaines sont devenues des mois, et les mois des années, et plus je reculais, moins je sautais.

Avec le salaire de ma femme, mon RSA nous suffisait pour vivre. Vous me direz peut-être « bel exemple pour la jeunesse », mais ce n'était pas moi qui avais fait cette société comme elle était, avec les politiciens qui volaient dans les caisses, avec l'argent qui s'évaporait on ne sait pas où – je suis un homme minuscule, un invisible, et je ne veux pas trinquer pour les salauds qui nous regardent crever de là-haut.

Un jour que ma femme avait oublié de déclarer quelques heures supplémentaires, ils nous sont tombés dessus. Sur nous. Alors que les milliards circulaient, que les gros poissons s'enrichissaient sans payer d'impôts, que je ne sais plus quelle tapette de la haute couture venait de passer au travers des mailles : c'est ça, un filet, avec les mailles trop larges sur les côtés et trop serrées au milieu, où ils nous enferment et nous étouffent, nous, les sans-grade.

Quand je regardais les informations à la télé, je ne dérougissais pas de colère. Je préférais ne plus regarder, apprendre les nouvelles dans le journal. Même Petiot, le maire de Chilleurs-aux-Bois, il aurait détourné des fonds – d'après une caissière du Super U. Mais Petiot avait beau avoir ses défauts, il défendait les chasseurs – il avait réussi à convaincre l'institutrice de ne pas porter plainte après que Patrick, qui chassait un sanglier, avait tiré un coup de fusil dans son jardin –, et moi, je n'oublie ni les services rendus, ni les coups de poignard. Je suis un homme à la mémoire longue.

À Chilleurs, Petiot était un maire actif, il organisait toutes sortes de manifestations : les vide-greniers, la fête du pain, la fête de l'huître du vingt-sept mai, la foire aux chiens. Il s'était illustré par une exposition, que Lucas avait visitée avec sa classe et qui avait fini par tourner dans tous les villages alentour : « Les Girouettes, mémoires du vent ».

Je sais ce que tu penses, Pierre, je ne suis pas naïf : tu penses qu'on est des ploucs. Que les girouettes ne sont pas de l'art, qu'on se contente de pas grand-chose et qu'on est nous-mêmes gens de très peu. Tu ne seras pas le premier. Mais moi, j'en suis fier de notre petitesse. Je suis fier de n'être que cela. Et quand je vois la médiocrité des connards qui nous gouvernent, je refuse d'avoir honte. Je me tiens la tête haute, je ne prétends pas savoir ce que j'ignore et je ne crache pas sur les braves gens en leur disant qu'ils n'ont qu'à traverser le trottoir pour trouver du boulot. On voit qu'il n'a jamais rangé des pains sous cellophane dans des cartons pendant huit heures par jour, le jeune président. On voit qu'il n'a jamais été regardé de haut parce qu'il approche de cinquante ans et qu'à cinquante ans, à l'usage, tu es plus périmé qu'une denrée avariée.

Comme ils se sont foutus de notre gueule quand on a mis des gilets jaunes et qu'on a fait des grillades sur les ronds-points. Comme ils nous ont discrédités. Ils ont même osé nous associer aux black blocs. Ça faisait marrer tout le monde. Comme si on avait eu le moindre atome crochu, nous qui nous battions pour le prix de l'essence, avec des anarchistes. Et les médias suivaient comme des moutons. Gilets jaunes et black blocs – même panier, même mépris. À croire qu'on était tous des braves cons, des fachos, et qu'on avançait dans le sens opposé à la marche du monde. L'écologie, moi je veux bien. Personne n'aime la nature plus que moi. Mais comment tu fais quand tu habites à Courcy-aux-Loges pour aller rendre visite à ta mère qui vit à Chilleurs-aux-Bois ? Comment tu te déplaces au supermarché, ou à l'hôpital ? En vélo électrique ? Je ne crois pas qu'ils sachent qu'on n'a pas le métro.

Tout ce détour pour dire que si je ne travaillais pas, à l'époque, ce n'était pas de mon choix, juste que je n'avais plus la force de subir leur mépris, leur indifférence, les refus qui se succédaient.

Pour achever mon portrait, disons que j'avais une charpente solide, une façade en bois brut qui ne laissait pas les femmes de marbre – j'avais un peu forci à force de rester à la maison mais Martine, l'ancienne femme de Didier, celle qui était partie avec le boucher, me répétait toujours qu'ils étaient séduisants, mes petits plis au ventre et ma fossette au menton. Comme autre particularité, j'ai un grain de beauté au bout du sexe, qui me faisait une honte à crever quand j'étais môme – je trouvais que ça faisait efféminé. Pour le reste, j'avais le poing ferme et deux fusils – ma carabine Remington 7400 et l'Express Focus d'Antonio Zoli.

Tu te demandes peut-être, Pierre, pourquoi revenir sur les événements, pourquoi remuer la boue, et le sang, et la rage. C'est que j'aimerais me délester de mes mensonges avant de voler au paradis ou plus probablement en enfer quand le temps sera venu. Et il ne devrait plus tarder.

La mort ne me fait pas peur. Comme disait mon père : « Quand c'est l'heure, c'est l'heure. »

J'ai bien moins peur de la mort que de suivre la piste sanglante de la fin de cet été-là.

Maintenant que les années ont apaisé les mémoires, que les faits se sont effilochés, qu'ils sont devenus de vagues souvenirs, aux contours flous, je voudrais raconter les choses comme elles ont eu lieu, tout simplement, dans leur vérité. Redresser les fils tordus de la vérité.

Quand j'ai eu décidé de livrer ma version, un peu différente de celle des rubriques faits divers, je me suis posé une question terrible : moi qui finis mes jours sans descendance, qui me lira ? Et rien qu'en posant la question au vent, au vide de ma maison déserte, j'en ai senti comme des froissements au cœur.

J'ai tourné et retourné le problème dans mon esprit sans pouvoir le résoudre, et ça me désespérait de commencer ces Mémoires. Pourquoi je me mettrais à ressasser pour moi seul, pourquoi je remuerais le cloaque ? Il fallait bien que je me trouve un lecteur – un bon garçon, que mon récit ne dégoûterait pas, qui voudrait bien essayer de me comprendre, comprendre mes actes et ma douleur, un lecteur patient, attentif et gentil, un lecteur qui – peut-être – à la toute fin de mon histoire, après avoir exhumé les morts, finirait par verser une larme, rien qu'une larme, en pensant à moi.

J'ai réfléchi longtemps, passé en revue les survivants de Courcy-aux-Loges et ceux de Chilleurs-aux-Bois, sans dénicher la bonne âme qui trouverait le temps de se pencher sur mes souvenirs – et je le comprends : les gens n'ont pas que ça à faire. Finalement c'est toi, Pierre, le fils de ma sœur, toi que je ne vois jamais, toi un étudiant de la ville, mais qui n'en demeures pas moins mon neveu – et je me suis dit que tu voudrais sans doute, malgré le chemin que tu as pris, la vie que tu mènes là-bas, à des années-lumière du hameau, indifférent à moi, à nous, les hommes périphériques, apprendre l'histoire qui, malgré toi, est l'histoire de ton sang.

DEUX

Didier est arrivé le premier – avec cette manie de se ronger les ongles jusqu'au sang, à peine vous aviez le dos tourné qu'il remettait ses doigts dans sa bouche et se grignotait la peau, et bientôt des perles rouges lui coulaient des lèvres et du bout des doigts. Sa femme l'avait quitté depuis quelques années mais il avait toujours aussi mal.

Puis ça a été le tour de Steeve et Corinne, sa femme, une grosse blonde portée sur la bouteille – elle en devenait agaçante, parfois, à force de ne rien comprendre et de dire n'importe quoi. Il nous assurait qu'elle avait été une belle femme, dans sa jeunesse, avec des yeux jaunes, désormais complètement noyés par l'alcool – mais il fallait la comprendre : ils avaient eu un fils, tous les deux, un fils unique, Christophe, et, comme ils s'en sortaient bien, lui avec la maçonnerie et elle avec son salon de coiffure, ils lui avaient tout donné, si bien que le gosse avait pourri. Christophe avait toujours besoin de quelque chose, il voulait toujours plus. Le dernier iPhone, des vacances au ski, à la mer, au Japon. Un studio, un appartement. Il s'était marié avec une Parisienne, ils avaient eu une gosse et Corinne adorait sa petite-fille. Mais, un jour, Steeve en a eu ras le bol et a refusé de payer une voiture à Christophe. De toute façon, il ne pouvait pas. Le fiston s'est énervé, il a boudé, râlé et ça s'est fini en coups de poing dans la gueule. De ce jour, on ne l'a plus revu.

Depuis huit ans, elle n'avait jamais eu de nouvelles de son fils, ni de sa petite-fille, elle ne savait même plus où ils vivaient, dans quelle ville ni rien. Il nous expliquait ça, Steeve, avec un tremblement dans la voix. Elle croit toujours qu'il va revenir, il disait, elle croit entendre ses pas quand je rentre du boulot, la nuit des fois elle crie son prénom pendant son sommeil, elle picole pour ne plus y penser tout le temps.

En dernier, comme d'habitude, Patrick est arrivé avec sa nouvelle femme, Emmanuelle. Eux, c'était les rois, enfin surtout lui, un médecin, avec cette fille blonde et carrossée, des seins magnifiques, lui avec ses lunettes, ses cheveux poivre et sel, parlant bas, pourtant quand il parlait, on n'entendait que lui. Chaque fois, les filles qu'il ramenait nous épataient : la première, sa femme, qui était partie avec les gosses vivre plus à l'est, à Auxerre, portait des jupes fendues jusqu'en haut des cuisses, puis il y avait eu Madeleine, dont il nous assurait qu'elle avait été hôtesse de l'air, puis Emmanuelle – je savais que Maud ne l'aimait pas trop mais je n'ai pas demandé pourquoi : à l'époque, ces petits détails sur les autres, ces chicaneries de bonnes femmes ne m'intéressaient pas tellement.

Ils se sont assis à table. Une belle table en chêne qui me venait de mon père. Chez nous, bien recevoir était une tradition. Maud était non seulement bonne cuisinière, mais elle chapardait au Grand Gâtinais tous les bons morceaux boudés par les clients le dimanche midi, et ça me plaisait qu'elle se fende en deux pour les copains parce que ça dissipait certains malentendus, des médisances, des racontars comme quoi Maud porterait la culotte depuis que j'avais perdu mon boulot – ça leur avait fait un gros sujet de plaisanteries pendant des mois. Et puis un chasseur doit toujours épouser quelqu'un qui a le goût de la viande.

Tout de suite, on s'est lancés à bâtons rompus sur le sujet du jour : le retard de l'ouverture de la chasse.

— Vous avez vu, les chasseurs de Saint-Malo-de-Guersac, dans la Brière ? a demandé Patrick. Ces gars-là ont vraiment des couilles !

— Ils ont raison d'avoir déclaré la guerre.

— Combien ils étaient ?

— Deux cents. Ils portaient des treillis et des tenues de camouflage.

— Ah, les chasseurs de bécassines…

Après les biscuits apéritifs, le pâté et le saucisson, Maud a servi une tarte aux truffes, oignons et lard fumé, accompagnée de pain grillé, frotté à l'ail. Corinne picolait sec, elle lançait parfois une phrase au milieu de notre conversation, devant Steeve qui la rabrouait parce qu'elle ne voyait pas qu'elle dérangeait – mais on comprenait, c'était à cause du gosse – pendant qu'on continuait à parler :

— Ils n'avaient pas le droit de repousser l'ouverture de la chasse. Moralement, ils n'avaient pas le droit de le faire. Regarde les gars qui travaillent et qui ont posé leurs congés exprès le dix août. Moi, mon frère par exemple.

— Encore la LPO.

— Un jour, on ira les blinder, ces fils de pute.

— Remarque, ils ont réagi, on ne leur a pas marché dessus.

— Cent huit oiseaux protégés qu'ils ont cartonnés. Hérons, aigrettes…

— Ce n'est pas l'éthique de la chasse, ça. Moi, je ne suis pas pour.

— Mais à force de pousser le bouchon, ils récoltent ce qu'ils ont semé.

— Comme la guerre : on a beau être contre, quand on tire sur ton gosse, tu es bien forcé de riposter !

— En plus, on n'est même pas sûr que c'est eux. On passe tout sur les chasseurs mais c'est peut-être un coup des écoguerriers.

— T'as raison. Ces mecs de la LPO, et tous les autres, Parigots et politicards, ils nous prennent pour des bouchers…

— ... des viandards.

Maud avait servi du saumon sur un lit de tomates et de courgettes, revenues dans la graisse du lard – elle disait qu'il ne fallait rien gâcher –, et on arrosait le tout de gamay, depuis qu'on avait terminé la bouteille de gewurztraminer que Patrick avait apportée.

Corinne parlait avec Emmanuelle, elle se plaignait

de l'une de ses coiffeuses. On entendait de temps en temps sa voix monter dans les aigus – elle avait de la peine à la contrôler. Steeve lui disait de se taire et Emmanuelle soupirait d'ennui. Mais Corinne parlait quand même, elle alignait les phrases, elle digressait, elle canardait en flux continu. On aurait dit qu'elle empilait les mots pour ne jamais laisser au silence une chance de s'installer, au silence et à la perte.

Le contraste entre les deux femmes était cruel pour Corinne. Blondes toutes les deux, un peu grasses, mais avec vingt ans d'écart. Emmanuelle exhibait ses formes pleines, fraîches, dans une jupe qui lui arrivait à peine sous la culotte – mon attention s'y était portée malgré moi, et je me suis forcé à détacher mes yeux de l'ouverture de ses cuisses. Corinne portait un pantalon moulant, aux motifs léopard, un haut noir, son visage était bouffi par l'alcool, le fond de teint, les cernes, malgré la beauté envoûtante de ses yeux jaunes.

Moi, j'étais assez fier de ma femme, de sa beauté de jardin d'automne et de sa discrétion. Elle parlait peu, de sujets consensuels. Elle restait toujours au bord des choses. Elle ne se livrait jamais en entier. On aurait pu croire qu'elle ne pensait rien mais c'était une erreur. Sous son front roulaient des songeries non réalisées, des frustrations, des colères, je le pressentais déjà sans en avoir encore de preuves. Mais elle les gardait au creux d'elle-même, sans rien laisser paraître. Elle avait la douceur fausse des rêveuses, des femmes façonnées par la déception et l'ennui, et qui croient s'être résignées.

— On est en guerre, disait Patrick. Si on ne nous laisse pas chasser, on va péter les plombs.

— On les aura prévenus.

— À force de nous mettre sous pression…

— Il faut s'attendre à tout.

— D'autant qu'on ne risque rien à aller chasser, regarde eux : depuis qu'ils ont commencé l'ouverture sauvage, ils n'ont pas vu un garde-chasse ni un gendarme.

— Les gardes-chasse pissent dans leur froc et les gendarmes sont de notre côté.

— Moi, j'y suis allé aujourd'hui.

Ma sortie a arrêté les fourchettes au milieu du rôti de bœuf en croûte de sel aux herbes, accompagné de galettes de pomme de terre au lard. J'ai senti planer un instant l'admiration. Je n'avais pas prémédité de raconter ma virée dans le bois, ni d'avouer que j'avais pris le fusil sans eux. Personne ne l'avait jamais formulé mais c'était une trahison – certes légère, mais une trahison quand même.

Maintenant, j'étais contraint de tout leur raconter. Excepté que j'étais rentré bredouille.

— Pourquoi tu ne l'as pas dit ? On t'aurait accompagné.

— Je n'avais pas vraiment décidé. Ça m'a pris sur un coup de tête.

— Tu es allé où ?

— Au lac.

— Chez le nouveau voisin ? Tu sais que ça y est, il est arrivé.

— Oui, je l'ai vu.

— Le nouveau ? Alors ?

— Il est comment ?
— Tu lui as parlé ?
— Qu'est-ce qu'il fait ?
— Il ressemble à quoi ?

Le plateau de fromages a été littéralement englouti, comme si cette nouveauté dans notre voisinage creusait les appétits – je voyais le fromage mâché au fond de leur gosier, le claquement de leurs dents, et j'hésitais à parler, surtout devant les femmes, décidant finalement d'attendre le digestif, lorsqu'elles seraient parties, pour raconter en détail notre entrevue.

— Comment tu veux que j'aie vu à quoi il ressemble ? Je l'ai aperçu de l'autre bout du lac.
— Il t'a vu ? Vous vous êtes salués ?
— Non. Il ne m'a pas vu : j'attendais les canards, j'étais planqué.
— Pourquoi t'es pas sorti lui dire bonjour ?
— Corinne, arrête de harceler Philippe. Tu n'y connais rien en chasse : tu ne sors pas pour un blanc-bec. Ne fais pas attention, Philippe.
— Bref. Je ne sais pas à quoi il ressemble. Plutôt jeune. C'est tout ce que je peux te dire.

Quand les salades de pêches et de fraises au champagne rosé ont disparu à leur tour, j'étais soulagé, parce que ça signifiait le départ des femmes, ou plutôt notre départ : on quittait la table pour rejoindre la salle télé, on s'asseyait entre nous devant une petite table en bois et on se servait des verres de poire pendant que les femmes allaient dans la cuisine pour aider à faire la vaisselle et à débarrasser, quoique leur aide ait juste été un prétexte : en fait, elles s'asseyaient à la petite table de la cuisine et regardaient Maud récurer les casseroles en se racontant leurs histoires.

Je sais ce que tu vas penser, Pierre, qu'on n'était pas très #Metoo, pas très partage des tâches. Et c'est vrai. On était machos, on avait été élevés comme ça. Je ne sais pas si c'est une excuse. On aurait pu, on aurait dû sans doute sortir un peu de nos rôles pour aller les aider, nettoyer côte à côte, tous ensemble sans se scinder comme deux mondes sans connexion, mais celui qui aurait initié le mouvement serait passé pour un con, alors personne n'osait. Et les femmes ne se plaignaient pas, elles y trouvaient peut-être leur compte à ne plus voir nos sales gueules.

Ce soir-là, Lucas, qui d'habitude restait assis sans dire un mot pendant le repas et profitait des allées et venues du digestif pour s'éclipser chez un copain ou, le plus souvent, dans sa chambre au deuxième – il avait récupéré une minuscule télé Dieu sait où –, ce soir-là, donc, Lucas est passé « au salon » avec nous. Patrick m'a adressé un clin d'œil et m'a glissé dans l'oreille « Ça y est, il tient le bon bout », mais personne n'a rien dit devant lui, par délicatesse. Enfin, il était là, assis à côté de moi : je me sentais heureux.

— Les Baranger m'avaient prévenu qu'il ne tarderait pas à s'installer, le nouveau voisin. Ils le savaient par le facteur.

— Il a dit ce qu'il faisait comme boulot ?

— Non, ils ne m'ont rien dit.

— J'espère qu'il chasse.

— T'imagines si c'était un LPO !

— Ah ah ! On te le cartonnerait !

Là, fort de sentir mon fils près de moi, j'ai pris ma respiration :

— Je n'ai pas tout dit, pour le voisin…

J'étais gris, et fier de les voir tous, avides, suspendus à mes lèvres. J'ai repris, en savourant mes mots :

— Le gars, je l'ai vu – de loin, mais je l'ai vu. Vous ne devinerez jamais.

Non, ils faisaient de la tête, non, on ne devinera jamais.

Je marquai une pause, faisant mine de m'avaler un coup de poire, avant de reprendre :

— Moi, j'étais tapi dans l'herbe, au bord du lac, avec le fusil sur l'épaule. Soudain, je vois un bosquet qui bouge. Je me dis : un sanglier. Je m'apprête à tirer. Je vise, bang ! j'ai presque lâché le coup. Je m'arrête au dernier moment, le canon déjà bouillant. Mais là. Soudain. Un bout de peau.

— Un bout de quoi ?

— De peau. Blanche, imberbe. En un mot : il était complètement à poil.

— Hein ?!

— À poil ?

— Il se baignait dans le lac ?

— Oui, nu comme un ver.

— Tu devais être bourré : t'as pas vu la gonzesse qu'il se tirait dans l'eau.

— Y avait aucune gonzesse. Juste lui.

— Alors il se tirait peut-être un canard.

— Une canarde.

Les rires avaient dû attirer Maud, qui s'était

approchée de la petite table sous prétexte de nous resservir une poire et qui avait entendu une partie de la conversation.

Lorsqu'elle a compris que j'avais vu le voisin à poil dans l'après-midi, juste avant de la rejoindre, elle m'a lancé un regard étrange. J'ai détourné les yeux. De toute façon, je n'avais pas d'explication sur la colère et l'indignation que sa vue m'avait procurées, et que l'amour avec Maud avait apaisées.

Entendant mon récit, stupéfait, Patrick a été le premier à réagir, il ne semblait pas s'en remettre :

— Il n'en est pas, quand même ? Ne me dites pas qu'on a un voisin qu'en est !

— Ça ne veut rien dire. Tu peux te baigner à poil sans être pédé, surtout quand tu es chez toi.

Tout le monde en a convenu et on a glissé vers d'autres sujets, Patrick a parlé en chuchotant de sa femme et de sa maîtresse, comparant leurs mérites respectifs, glissant parfois quelques détails dont la précision extrême nous faisait fantasmer. Lucas était resté avec nous : je ne peux pas exprimer la joie que j'avais à la sentir ici, près de moi, apprenant les choses de la vie. Mais ce qui nous a cloués, c'est quand Didier nous a annoncé qu'il avait trouvé quelqu'un.

— C'est qui ? On la connaît ?

— Non.

— Il ment ! Je le flaire : on la connaît. Il ment !

— Non.

— Allez, raconte.

— Son nom ! Son nom !

— Elle est trop moche, c'est pour ça ?

— Ou il a peur qu'on lui tire sa gonzesse.

— Bon… vous avez gagné : c'est Christine.

— La boulangère de Chilleurs-aux-Bois ?

Ce n'était pas un canon mais elle n'était pas laide non plus. De toute façon, on n'a rien dit : pour Didier, les femmes ne se ramassaient pas à la pelle et ça devait faire dix ans qu'il n'avait rien eu à se mettre sous la queue, sinon la fille du bar, Josée, qu'il se tirait de temps en temps, comme tout le monde, pendant qu'elle pleurait sur le zinc, à moitié folle.

Christine avait un visage quelconque mais une croupe aux allures hippiques, sans compter qu'elle paraissait gentille. On était si stupéfaits que Maud elle-même est arrivée et lui a tendu la main en disant « Je suis heureuse pour toi, Didier », sur quoi Patrick a fait un clin d'œil à Maud, en faisant « Depuis quand t'écoutes aux portes, toi ? » et elle a répondu « Je venais dire bonsoir, je dois aller me coucher. Je travaille demain. Vous revoulez quelque chose ? ». Elle a laissé la bouteille de poire sur notre table, puis elle m'a embrassé sur le front et elle est partie au lit.

On est restés encore une heure avant de se séparer. Quand ils se sont levés, Lucas dormait. On s'est serré la main et, une fois qu'ils étaient partis, j'ai marché vers mon fils sur la pointe des pieds, je l'ai déshabillé avec précaution, je l'ai allongé sur le canapé, j'ai mis une couverture sur lui pour qu'il ne prenne pas froid. Et j'ai refermé la porte sans bruit.

TROIS

Après cette journée, les choses ont changé de face ; ça ne ressemblait plus à rien de connu. Je me suis mis à espionner le nouveau voisin, je voulais tout savoir de lui. Cette curiosité tenait en grande partie à la méfiance qu'il m'inspirait. J'estimais devoir surveiller ses allées et venues et nous prémunir de lui. L'arrivée d'un Parisien dans notre trou perdu n'avait rien de naturel. Pour qu'il atterrisse ici, c'est soit qu'il y avait de la famille, mais on l'aurait su, soit qu'il se cachait. Mais de quoi, de qui ? J'étais fermement décidé à l'apprendre. À savoir comment il gagnait sa vie, ce qu'il venait dissimuler, ce qu'il mijotait.

Son image ne me sortait plus de la tête. Elle m'accompagnait partout, au réveil, la nuit avant de fermer les yeux, la silhouette du jeune homme, de l'inconnu qui se baignait dans les eaux du lac et vivait juste sous mes fenêtres. À chaque fois, ce souvenir ravivait ma colère et ma défiance.

De ce moment, ma vie s'est brusquement accélérée. L'ennui enfui. Pourtant, j'attendais toujours.

Au réveil, j'attendais de l'apercevoir à travers la fenêtre, pendant qu'il se rasait ou s'habillait, pendant qu'il prenait sa douche, pendant qu'il laçait ses chaussures. Dans la journée, il restait à la maison, comme moi, sauf que lui ne faisait rien du tout et qu'il n'avait pas de femme. Je n'arrivais pas à comprendre de quoi il pouvait vivre. S'il avait été un riche rentier, il ne se serait pas perdu par chez nous. Plus je l'observais, plus il me semblait suspect.

J'attendais toujours, comme avant, sauf que jamais plus je n'étais déçu : un rien, un geste, le fait qu'il se rase ou s'habille, ces petites broutilles me remplissaient entièrement un après-midi. Je les notais dans un carnet, je collectais des faits, des preuves. J'avais la prémonition qu'il nous amenait le chaos.

Dans l'espoir de glaner des informations, je me suis mis en poste, j'ai commencé un travail de longue haleine, un travail de traque, une chasse à l'homme à distance : derrière ma fenêtre, j'ai essayé chaque jour de le scruter aux jumelles – parce que si la forêt et le lac lui appartenaient, sa maison se trouvait en face de la mienne, de l'autre côté de la route : je pouvais l'apercevoir lorsqu'il traversait une pièce. Je surveillais ses horaires – son heure de coucher, son réveil, ses départs en voiture – et je guettais le facteur pour voir s'il lui apportait des lettres. C'est de là que sont venus mes premiers renseignements.

Par chance, au mois d'août, le facteur habituel était parti en vacances et l'asperge qui le remplaçait était un ami de mon fils, que j'avais vu de temps en temps chez nous ou au bistrot, il m'a donc été facile d'aller lui parler : dès qu'il arrivait pour distribuer le courrier chez nous, je le hélais et le faisais rentrer, en lui promettant une bière ou une cigarette. « Il fait quoi, ce type ? », je lui avais fait la première fois, mais il en savait rien, il avait haussé les épaules, pas très intéressé. Mais un jour, il m'a dit :

— Le gars, là, votre voisin. On peut dire qu'il est bizarre.

J'ai dressé l'oreille.

— Ah, j'ai redit, pourquoi ça ?

— Il ne veut pas mettre son nom sur la boîte. Il garde le nom des anciens proprios, en disant que les gens savent. Qu'on lui écrit à cette adresse-là. « Et les factures ? » je lui ai demandé, « Oh, ça... », il a répondu.

— Il reçoit des lettres ?

— Deux fois par semaine : une lettre avec une grosse écriture.

— De qui ?

— Qu'est-ce que j'en sais ?

— Une femme ?

Mais il n'avait pas trop d'informations, alors à coups de poire et de cibiches, j'ai réussi à lui extorquer l'une de ces fameuses lettres, pas pour la lire – le gosse ne voulait rien entendre –, juste pour regarder. J'ai attrapé l'enveloppe : c'était l'écriture d'une femme, j'en aurais juré, ronde, avec des fioritures sur les majuscules, ses L ressemblant à des rubans déroulés, même les minuscules. Il y avait trois l dans son nom. Et les boucles du J majuscule et du g formaient des sortes de ventres énormes :

une écriture de femme. J'ai porté l'enveloppe à mon nez, croyant y déceler un parfum entêtant.

Après ça, j'ai passé plusieurs jours à imaginer la figure qu'elle pouvait avoir, un visage de Parisienne – lui, même si sa voiture n'avait pas été immatriculée 75, j'aurais su qu'il venait de Paris à cause de sa façon de conduire, le crissement des pneus, la vitesse avec laquelle il déboulait sur le chemin, laissant des traces, découvrant la terre humide, bourbeuse, sous les gravillons blancs – mais hésitant sur les visages possibles de la Parisienne : parfois, je la voyais affreusement grande, fardée, méprisante, agressive, des cheveux noirs et lisses, une cigarette aux lèvres ; d'autres fois, très belle, avec une taille minuscule et des fesses rebondies, des talons hauts, un tailleur bleu nuit ; d'autres fois encore, elle avait dix-huit ans, des cheveux bouclés, avec des mèches oxygénées, un débardeur moulant.

J'imaginais des odeurs, la trace du gras de sa main sur le papier à lettres, son avant-bras, d'autres odeurs plus secrètes. Toujours belle et méprisante. Les Parisiennes, pour moi, c'était forcément ça : des filles qui portaient des talons, le menton relevé, et nous considéraient comme des minables. Je ne les aimais pas beaucoup non plus. J'aurais voulu les voir à notre place. Ils fantasmaient sur la campagne, ils venaient nous envahir quand ça les arrangeait. Tout à coup, ça leur paraissait mieux que chez eux mais pour quelques semaines seulement. Après ils se lassaient. Fallait pas déconner non plus.

Quand ils débarquaient, ils étaient tout feu tout flamme, ils rêvaient de jardins potagers, de poules rousses et de contemplation mystique, de yoga sur des feuilles de rosée, de méditation transcendantale. Mais, au bout de quelques jours, ils déchantaient. Ils se rendaient compte que ce n'était pas ce qu'ils avaient imaginé. Ils s'étaient figuré l'air pur, et ils découvraient que nos champs étaient bourrés de pesticides. D'un coup, ils balisaient pour leurs gosses. Ils avaient rêvé d'un monde calme, vert, où renouer avec les vraies valeurs. Ils découvraient un air pollué, des petits matins bruyants. Les tracteurs leur cassaient les oreilles, ils voulaient étrangler nos coqs. Les imbéciles. Ils rêvaient d'élever leurs poules mais ils ne savaient pas les protéger et les découvraient à l'aube dévorées par les renards. Ils en reprenaient d'autres, leur fabriquaient des enclos qui se brisaient au moindre souffle de vent. Ils aspiraient à l'autosuffisance, ils entamaient des potagers mais voulaient des légumes colorés, ronds et harmonieux. Ils exigeaient que notre univers se plie exclusivement à leurs désirs. J'imaginais donc les Parisiennes avec leurs chevilles minuscules juchées sur de grands talons, nous toisant derrière leurs lunettes de soleil.

Les femmes de maintenant, comme elles étaient devenues, leurs revendications hargneuses, il y a des choses que je comprends – les salaires, les violences domestiques. Mais je n'ai jamais vu l'intérêt pour elles de devenir comme nous. Et les hommes se laissaient faire, on se laissait piétiner sous leurs talons aiguille. Je voyais bien que les jeunes étaient déboussolés. Lucas, par exemple, ne s'intéressait pas du tout aux filles, il disait qu'elles étaient mauvaises :

un jour, l'une d'elles avait essayé de l'entraîner aux toilettes et il s'était enfui. Il s'y intéressait si peu que j'avais fini par m'inquiéter, mais Patrick m'avait rassuré en m'expliquant que c'était normal, qu'elles les terrorisaient, avec leurs prétentions et leur arrogance. Elles avaient perdu leur douceur.

Patrick trouvait qu'elles faisaient bien chier. Mais Didier comprenait. Il estimait que nous, les hommes, on était allés trop loin. Qu'il y avait trop de femmes qui mouraient sous les coups de leur connard de mari. Là, tout le monde s'accordait : un mec qui frappe une femme est un lâche, il mérite la corde et bien pire.

Je me suis égaré. Donc je regardais le voisin à travers mes jumelles, parfois tôt le matin dans l'espoir de le voir s'habiller – je ne voudrais pas qu'on se figure des choses, mais je dis les idées qui me venaient en tête sans les embellir ou vouloir les expliquer : je me suis levé un matin à sept heures, j'ai braqué mes jumelles sur la fenêtre de sa chambre, imaginant déjà l'apercevoir passer vers la salle de bains pour se doucher, là j'ai eu peur parce que je bandais.

Pour me calmer, je me suis imaginé des grandes forêts, les forêts canadiennes, où le gibier abondait, on ne savait plus quoi en faire, et les habitants nous remerciaient de les débarrasser des nuisibles, et de contribuer au bon ordre de la nature, à l'écosystème, alors que d'habitude on nous accuse plutôt de le détruire – mais les gens ne connaissent rien à rien.

Je me suis forcé à rêver de chasse à l'ours pour détourner mes pensées de l'horreur de ce pénis dressé. Un jour, un gars m'avait raconté que son fils revenait du Canada et que là-bas, c'était les grands espaces à n'en plus finir, des arbres millénaires, les parcs dont on ne voyait pas le bout, que leur pays entier était une forêt immense, une réserve naturelle grouillant d'animaux sauvages, une sorte de paradis des chasseurs. Son fils était allé faire du canoë-camping – il dormait dans la tente et voyageait le long des lacs la journée. La nuit, après avoir entendu du bruit, il était sorti de sa tente et il avait vu un ours en train de dévorer ses provisions, qu'il avait accrochées au sommet d'un arbre. Le petit affirmait qu'il n'avait pas eu peur – et je le crois, vu les garçons d'ici – mais il avait regretté de ne pas avoir de fusil pour ramener la dépouille à son père.

Les images de lac glacé et d'ours noirs ont calmé mon érection et ma conscience. J'ai compris que ce n'était pas lui dont le corps nu m'avait excité, mais l'image de ces Parisiennes auxquelles je l'associais.

Après, ça s'est tassé : comme il se levait vers dix ou onze heures, je ne me pressais pas. Je prenais soin de m'habiller entièrement, et même de mettre un slip et un pantalon assez serrés pour comprimer mon entrejambe, au cas où. Je distinguais mal les traits de son visage à cause de la lumière d'août qui obscurcissait l'intérieur de sa maison. Mais je le voyais aller et venir, sans but apparent. Il élevait la paresse au rang d'art majeur. Il se coiffait devant sa glace en plein après-midi, et d'autres choses aussi bizarres. Et plus bizarre encore, mes réactions à moi : des heures, que j'aurais pu passer rien qu'à le regarder pendant qu'il se peignait, tirait sur ses boucles, qui se tendaient et se détendaient, revenaient lui friser dans le cou.

Des activités de feignant, des passe-temps de fille avec lui devenaient haletants. Chaque détail, je ne sais pas comment dire, nourrissait le vide de ma vie, chaque détail m'emplissait à ras bord.

Je me sentais investi d'une mission : protéger notre territoire. Je savais qu'il tramait quelque chose. À force de l'observer dans son habitat naturel, j'ai acquis la conviction qu'il ne vivait pas normalement. Les gens devaient tous gagner leur vie, ils étaient tous soumis à des loyers, des factures. Lui seul semblait soustrait à ces contingences. Et il n'était pas comme moi, sur la touche, ça se voyait, ça se sentait. Il y avait autre chose. Il préparait peut-être un casse, un braquage, il projetait forcément une action. Je voulais comprendre laquelle et l'en empêcher.

Un matin, j'ai entendu sa voiture – je ne me souviens plus si j'en ai déjà parlé, de sa voiture, une Alfa Romeo rouge avec un GPS –, j'ai donc entendu sa voiture démarrer en trombe sur les gravillons, puis bomber sur le chemin et disparaître, alors je me suis posté devant ma fenêtre en attendant que passe le petit facteur de l'été.

Depuis six jours que je l'observais, je m'étais aménagé un coin agréable près de la fenêtre, dans la cuisine américaine : après avoir installé la meilleure chaise, j'avais ajouté une autre chaise en face pour mes pieds, j'avais rapproché la table de la cuisine sur laquelle je posais un verre et mon journal, et je fumais.

Là, bien calé, j'ai attendu le facteur, qui n'a pas manqué de faire un crochet pour glaner une pinte. Je lui en ai offert quatre et, quand le gosse a été un peu pompette, je lui ai demandé de me donner la lettre destinée au voisin. Il a refusé, je l'ai resservi et je lui ai offert cinq cigarettes en échange de sa lettre avec la grosse écriture pleine de rondeurs.

— Pas question, il a fait.

— Personne ne saura qui est le fautif, j'ai dit. À la poste, ils sont toujours en grève, ils perdent les lettres ou c'est d'autres facteurs qui les volent.

— Nan. Je risque d'être licencié.

— Tu ne risques rien de rien, j'ai explosé. Une de plus ou de moins, ça fait quoi ?

— Je vous la donne contre la carabine Remington.

— Tu es fou ! Jamais je ne te donnerai ça.

— La Remington ou rien.

Là, j'ai un peu perdu le contrôle, ça me rendait dingue qu'un merdeux de son âge ose demander mon fusil – et pourquoi pas mon chien, ou ma femme ? –, je l'ai fichu dehors avec un coup de pied qui lui a fait remonter le cul dans la bouche, et je l'ai regardé déposer la lettre dans la boîte du voisin, puis repartir en claudiquant.

Dès qu'il a été loin, j'ai attendu quelques minutes, pour être sûr, puis je suis sorti de la maison et, encore sous le coup de la colère, j'ai arraché la boîte, je l'ai démolie pour récupérer l'enveloppe

– après, mais après seulement, sur le coup je ne sentais plus rien, j'ai vu que ma main droite saignait.

J'avais le cœur qui battait en rentrant chez moi. J'ai ouvert l'enveloppe. J'ai senti la lettre avant de la lire, des heures je l'ai humée, j'ai senti mes mains – il n'y avait pas d'odeur précise, juste un petit relent de femme –, mes doigts l'un après l'autre, j'ai même déboutonné ma braguette pour poser mon sexe sur le papier – mais je ne vais pas m'attarder là-dessus, sur mes impressions au contact de la feuille, sur les bruits de papier froissé. Ces sensations, ces petites choses qui ne m'auraient pas arrêté une seconde en temps normal – moi qui ne remarquais jamais rien –, étaient devenues alors mille idées confuses qui me remplissaient exclusivement, ne laissant plus place à rien – j'aurais pu crever, la bicoque en flammes, les voisins hurlant au feu, au secours, rien de rien ne passait plus à travers la passoire de mon cerveau. Si bien que la feuille, l'odeur vague, le froissement du papier, son contact sous mes doigts constituaient pour moi le monde.

Au-dessus de la lettre était inscrit son nom complet, que je connaissais par cœur : Julien Langlois.

Je la réécris de mémoire, car je l'ai lue et relue au moins dix fois :

Julien,

Je t'écris d'un pays lointain, celui d'un vieil Ehpad où tu venais parfois me voir. Je t'écris d'un pays lointain, celui de ma déception et de ma solitude.

Hier, un homme m'a appelée. Il voulait te parler. Il m'a dit qu'il était ton banquier et m'a appris que tu lui devais

de l'argent. Il m'a dit que tu avais disparu, que tu devais te cacher de tes créanciers. Il a employé ce mot « créanciers ». On se serait cru dans un roman du XIX*e siècle. Mais que saurais-tu des romans du* XIX*e siècle ?*
Je suis mauvaise langue, l'amertume me rend injuste : tu as été un petit garçon qui lisait. Même adulte, il t'est arrivé de lire. Mais le petit garçon a disparu dans les rails de cocaïne.
Ne me prends pas pour une idiote, je sais où a disparu ton regard curieux, où ont disparu tes joues rebondies et ta soif d'apprendre.
Tu as recommencé ta vie d'avant, j'imagine. Ton mois de sevrage aura été, comme souvent avec toi, de l'argent jeté par les fenêtres, dans les poches de petits dealers minables.
Je n'élude pas ma responsabilité, je t'ai trop gâté. La mort de tes parents m'a rendue trop tendre, j'aurais dû te botter le cul quand j'en avais l'occasion. Mais tu étais si beau, si triste. Tu ressemblais tellement à ton père. Quand tu relevais les yeux vers moi, j'avais l'impression qu'il revivait et je n'arrivais plus à te gronder. Qui aurait le cœur de gronder un orphelin ?
Avec la drogue, tu as développé une autre faculté : le mensonge. J'ai mis longtemps à comprendre tes disparitions. Où allais-tu durant ces jours où tu ne rentrais pas ? Mais tu t'excusais avec une telle sincérité, tu étais un garçon si doux, si fragile. Après, j'ai vu tes pupilles dévorer tes yeux verts. J'ai compris tes moments d'abattement. Ta langueur. J'ai connu 68, tu sais, je ne suis pas juste une vieille idiote qui écrit des livres.
Je sais que tu fuis parce que tu as honte, mais ça ne rend pas tes fuites moins douloureuses.

Un jour, j'aimerais que tu arrêtes de mentir, de te cacher, de tricher. Rentre à Paris, rembourse tes dettes, regarde tes « créanciers » en face, avec tes yeux redevenus verts. Et viens me voir, Julien, le petit garçon que tu as été me manque toujours autant.

Ta grand-mère qui t'aime

J'ai tremblé en relisant la lettre, hésitant à plaindre cette grand-mère trahie par son propre sang ou à la trouver agaçante, agaçant son ton larmoyant. Je me mettais malgré tout à sa place, au cas où Lucas tournerait mal. Car le petit n'ouvrait toujours pas le bec, se murant derrière son écran. On m'avait dit que ces gars silencieux, auxquels on ne peut pas tirer les vers du nez, faisaient le terreau des délinquants, alors la lettre a produit un drôle d'effet sur moi : je me retrouvais à la place de cette grand-mère-là, essayant de savoir la vérité face à son enfant qui se dérobe, reste muet jusqu'à la fin, même sous les coups les plus durs.

À cet instant-là, je me rappelle parfaitement avoir renouvelé ma promesse d'emmener Lucas à la chasse dès l'ouverture et de lui offrir un fusil avant la rentrée. Je savais que Maud râlerait, dirait « Pas question, tu as vu ce que ça coûte ? » mais je m'en fichais : je me suis promis de lui faire ce cadeau quel que soit le prix, pour le sauver, pour l'aérer des écrans et de l'influence lointaine des métropoles. Laisser l'oxygène de la Beauce lui rentrer dans la tête.

Moi, je me souvenais très bien de mon premier fusil, acheté avec mon père dans une armurerie près de la place de la Bastille, à Paris. Le vieux avait tenu à m'emmener à la capitale en visite, et nous avions passé une journée côte à côte, moi silencieux, plein de respect, lui sévère mais attentif, marchant le long des berges de la Seine, un peu effrayés par le vrombissement des moteurs, par les foules pressées, anonymes, les visages maussades ou sans expression, l'agressivité du buraliste qui avait vendu à mon père ses deux paquets de gitanes. La chaleur humaine, c'est dans l'armurerie que nous l'avions trouvée.

Le soir avant de partir, le clou de la fête, la surprise que mon père m'avait réservée pour la fin. Il avait cherché des adresses à la poste de Chilleurs-aux-Bois et avait déniché celle-ci, rue de Lyon, maintenant en face de la billetterie de l'Opéra Bastille. On était rentrés dans la petite boutique, où se trouvaient suspendus une multitude de fusils de chasse, on s'était avancés vers une devanture en verre où étaient exposés de grands couteaux, avec leur fourreau en cuir, des chapelets de cartouches, des pistolets automatiques, puis on s'était rendus à la caisse. Les vendeurs étaient deux, assez jeunes ; le premier, un grand blond qui se tenait droit, sans sourire, nous avait un peu impressionnés, alors mon père s'était tourné vers l'autre, un plus jeune, assez fort, avec une cravate et une veste noire. Celui-là a été avec moi d'une gentillesse dont je me souviens aujourd'hui et pour laquelle je voudrais lui témoigner ma reconnaissance. Il m'a décliné comme des poèmes les divers mots qui allaient revenir dans ma vie : le percuteur, le chien, le magasin – la crosse, la bretelle, l'embouchoir, la grenadière – le canon, le guidon, l'âme du fusil…

Mon père m'a laissé choisir l'arme qui me convenait le mieux. J'en ai épaulé une dizaine, mis en joue, visé plein guidon. Pendant ce temps-là, mon vieux, en me jetant de loin en loin un regard fier, discutait avec le vendeur. J'écoutais d'une oreille distraite, ils parlaient, je crois, des armes que peut porter sur soi un particulier pour se défendre.

— Combien ça coûte, un revolver comme ça ? faisait mon père.

— Cinq ans de prison, a répondu le gars.

Pendant ce temps-là, l'un des fusils m'avait tapé dans l'œil, et comme mon père me l'avait appris, j'ai vérifié les longueurs de crosse en plaçant la plaque de couche à la saignée de mon bras et en saisissant la première détente avec l'index. À l'épaulé, mon canon devait apparaître sur une hauteur d'un ou deux doigts, ce qui fait qu'il suffisait de pointer le guidon aux pattes sur un gibier fuyard.

Moi, j'ai finalement posé sur la table un Thomson Thunder Hawk Shadow, une carabine à poudre noire ou carabine en ligne à chargement par la bouche, calibre .50 à percussion, avec un canon de 24 pouces avec pas de 1 : 38, détente ajustable, contenant des projectiles de type minier ou balles à sabot. « Une arme se chargeant par la bouche » : les mots, à l'époque, m'avaient rempli de frissons délicieux.

Ça a été mon plus beau cadeau, que j'ai fini par remplacer mais que je garde toujours dans une malle, par fidélité au passé. Le fusil représentait mon passage à l'âge adulte, mon attachement pour mon père, les liens du sang.

J'espérais le même moment de magie entre moi et Lucas, voyant se dérouler des scènes dans ma tête – Lucas me lançant un œil timide, admiratif, chez l'armurier, moi lui serrant l'épaule en lui offrant son premier fusil de chasse. Un fusil neuf – les rossignols pullulent sur le marché de l'occasion. La plupart du temps, le vendeur se contente de polir les canons, pour les faire reluire, mais ça en diminue les parois : d'occasion, faut toujours mesurer le diamètre intérieur du canon, qui, pour un calibre 12, ne doit pas faire moins de 18,2 et pas plus de 18,7, faut ensuite regarder l'état du bois au-dessus de la languette du pontet pour voir s'il n'y a pas de fissures, puis faire attention au bon réglage des détentes. Je ne donnerai pas les mesures cette fois : je ne pense pas que tu t'intéresses à la chasse, Pierre. Je ne voudrais pas trop t'ennuyer, ni te décourager dès maintenant de continuer à lire mon histoire.

Même si je la comprenais, j'ai fini par être agacé par le ton de Bernadette Langlois, agacé par ses plaintes. Mais j'avais une partie de mes réponses au sujet de Julien. Comme je l'avais pressenti, il était en fuite et il n'était pas une bonne fréquentation. Un drogué, un voleur peut-être. Il fallait préserver nos enfants, mon Lucas surtout, qui avait l'âge de mal tourner.

En même temps, le voisin m'apparaissait encore plus mystérieux et intéressant qu'avant. Les malfrats, certains malfrats, il m'arrive de les admirer, d'imaginer parfois les prisonniers derrière les barreaux, leurs visages – je me souviens qu'avec mon père on avait longé le mur de la prison de la Santé, long mur trop haut, j'avais relevé la tête vers les miradors, vers le haut de la prison, et j'avais aperçu dans le soir deux ombres à la fenêtre, je me souviens que j'avais frissonné de plaisir – au risque de ne pas être compris, je préfère raconter les sentiments comme ils me sont venus, tant pis si on me prend pour un fou – toi, Pierre, j'espère que tu seras un juge clément.

Les prisonniers se divisent pour moi en deux catégories : les bons et les mauvais. Les bons, c'est ceux qui comme moi – mais agressifs – ont refusé le système ; les mauvais, c'est les tueurs d'enfants, ceux qui violent une petite fille de quatre ans, ceux qui noient leur propre rejeton dans l'eau – je ne vise personne mais je n'oublie rien : les coupures de journaux, les entrefilets, les trois lignes écrites en minuscule, je n'oublie rien de ces salauds qui ont égorgé leur nouveau-né, qui ont étranglé leur gamine de six ans, qui ont emmuré vivants leurs trois petits, qui ont attaché à un pied de table un môme de trois ans et, avec une cigarette, lui ont brûlé les épaules, le ventre, le dos et les mains.

Mais le pauvre type qui trafique son compteur, sa feuille d'impôts, la mère qui chaparde au supermarché du jambon pour nourrir ses gosses, ceux-là je leur dis bravo, entrez en prison la tête haute – je vous tire mon chapeau.

Entre les bons et les mauvais, j'oublie une autre catégorie, que je peine à faire rentrer dans les tiroirs de mon cerveau : celle des criminels abominables, haïssables, mais qu'il m'arrivait d'admirer aussi, malgré mes principes stricts et ordonnés. Ceux-là qui avaient tué des femmes de sang-froid, avec un couteau leur déchirant la peau entre les cuisses, les dépeçant comme des moutons.

Ceux-là me donnaient de l'horreur en me faisant trembler de plaisir. Je ne suis peut-être pas le seul à qui ces hommes-là font de l'effet. Petits, on va fouiner dans les journaux interdits ; moi, parfois, je me mettais à rêver de criminels dans leur cellule, avec des yeux méchants.

Je me retrouvais avec la lettre de sa grand-mère, sans savoir quoi faire ou quoi penser. Je me demandais si je devais prévenir les gars. Julien était une menace. Il était sans doute de mon devoir de les en informer, si bien que je suis allé sonner chez Patrick, espérant qu'il n'aurait pas de clients. Emmanuelle m'a ouvert. Quelle belle fille. Je savais que ça n'aurait servi à rien de me monter la tête, tellement elle était au-dessus de ma ligue, hors compétition, je me suis quand même assis à table, en regardant ses cuisses pendant qu'elle me servait une bière, mais elle ne me parlait pas trop, et je comprenais ça, parce qu'entre moi et Patrick, il y avait quand même une sacrée différence. J'ai voulu lui dire pour le voisin, qu'il était drogué, finalement j'ai préféré le garder pour moi et, quand Patrick est rentré, j'ai juste raconté que j'avais ouvert une lettre de sa grand-mère, qui se plaignait qu'il soit recherché par son banquier.

Patrick a dit : « T'as bien fait de regarder. On ne se méfie jamais assez. »

En sortant, je n'étais pas satisfait : on aurait beau prendre garde, il fallait bien le jauger sur pièce. Le disséquer, voir ses airs de méchant garçon, ses yeux de fille, trop verts, voir de près ce que j'avais juste aperçu au bout de mes jumelles.

Le temps de marcher sur le chemin jusqu'à la maison, j'avais pris ma décision : j'irais le traquer dans sa tanière – j'avais mon excuse toute prête pour aller le voir – et je l'inviterais, juste une fois, à venir à nos dimanches, pour avoir le loisir de l'observer et d'estimer le danger qu'il représentait pour nous.

Garde tes amis près de toi, et tes ennemis encore plus près.

~

Lucas regardait une série sur son téléphone quand je suis rentré, mais ça ne m'a pas démonté. J'étais transporté par mon nouveau rôle de protecteur. Je me sentais en mission secrète, membre d'une milice luttant pour notre sécurité commune.

J'étais décidé à m'introduire dans sa maison. Je ferais un tour, je fouillerais ses affaires, je vérifierais qu'il n'y avait pas de drogue ou qu'il n'était pas armé, des trucs comme ça. Je sais, tu dois te dire que j'étais devenu fou, que c'est illégal et contraire aux libertés ou quoi. Mais je ne voulais pas être comme tous les cons, qui comprennent à qui ils ont affaire quand le type a égorgé leur famille. Je voulais anticiper, je voulais avoir deux ou trois coups d'avance sur lui.

Pour préparer mon intrusion, il fallait faire un premier repérage. J'irais l'inviter à une de nos soirées du dimanche. Je pourrais examiner les lieux et m'y familiariser.

Je me sentais fort, animé d'un but. L'idée de parler à Julien Langlois, de pénétrer chez lui, de toucher ses meubles, m'enthousiasmait. Protéger la communauté donnait un sens à ma vie. J'ai annoncé à Lucas qu'on irait bientôt lui choisir un fusil. Il n'a pas bronché. Il a fait « Han han » sans décoller les yeux de l'écran. C'est juste quand j'allais partir, avec ma déception au fond du cœur, qu'il a relevé la tête et qu'il m'a dit :

— Et pour le chien ?

— Quoi ? j'ai fait. Max ?

— Non, un chien pour moi. Un fusil et un chien. Un chiot.

J'ai compris ce qu'il voulait dire, qu'on n'est pas un vrai chasseur sans les deux, le fusil et le chien, et bien que ça m'embête drôlement de m'occuper d'un autre chien que Max – il faudrait le choisir, lui faire passer le test de Campbell, vérifier que Max et lui s'aiment bien, tout quoi… – j'ai ressenti une vague de joie en voyant cette lueur dans ses yeux, elle avait disparu depuis tellement d'années que j'avais cru qu'elle ne reviendrait jamais, et pourtant elle était là. Ses yeux brillaient à nouveau, il voulait enfin quelque chose, il se tenait là, un peu vibrant.

J'avais un sentiment comme devant une résurrection, l'enfant de dix ans que j'avais cru mort pour toujours existait encore et il allait revivre.

~

En allant frapper chez Julien Langlois, je ressentais les dernières vibrations de joie qui ne voulaient pas encore s'éteindre, j'avais envie de sourire, de tout lui raconter, mais c'est retombé un peu quand il m'a ouvert, au bout de plusieurs coups de sonnette. Je me sentais fiévreux, un peu faiblard. J'avais le trac. Il ouvre et je ne sais plus quoi dire : il me regarde bizarrement, il attend que je parle et moi j'ai oublié l'histoire que j'avais prévue et pourquoi je suis venu, je bégaie, je fixe Julien des pieds à la tête, son pantalon en tweed de Parisien, sa chemise verte – avec ses yeux ça fait drôle –, ses chaussures, ses boucles de cheveux de fille.

Finalement, je dis « Je suis votre voisin d'en face », et ça me fait drôle de devoir me présenter, alors que j'ai déjà l'impression d'être un de ses intimes. Vu qu'en secret, je l'appelle par son prénom. Julien. Combien de fois j'ai prononcé ton nom… Mais il ne semble pas savoir qui je suis. Il me répond « Oh, entrez donc » et ça me fait mal qu'il me vouvoie comme un inconnu.

Il se pousse pour me laisser passer, moi sans attendre je lui propose qu'on se tutoie, entre voisins, parce que je ne veux plus ressentir ce coup dans le ventre quand il m'a dit « vous ». Pour passer, je marche tellement de guingois que je me frotte par accident contre son bras. Je m'excuse, mais ma voix s'emmêle au fond de ma gorge. Dans ma tête, je pense encore à l'étoffe contre ma peau, et à son odeur indéfinissable.

Je le suis dans son salon, m'assois pendant qu'il va me chercher une bière et quand il part dans la cuisine, je regarde la pièce, n'en perdant pas une miette : il n'est pas chasseur, maintenant c'est sûr, pas d'animaux empaillés, pas de fusils, pas de plume du peintre accrochée à son chapeau pendu à un clou et surtout, pas de chien. Chez lui, ce n'est pas très propre ni très bien rangé : des vestes gisent à terre, sur des tommettes comme chez nous mais pas briquées, le cendrier déborde de mégots et les traces de cendre s'enroulent sur la table. Une maison sans femme. J'ai beau m'user les yeux, pas l'ombre d'une photo de famille ou d'une éventuelle petite amie. J'arrête de fureter aussitôt qu'il revient avec les bières.

Il s'assoit et on se retrouve face à face, lui me regardant comme s'il se demandait ce qu'on va pouvoir se raconter, moi me sentant tout à coup, à travers ses yeux, comme un rustaud, un plouc, tout ça parce qu'il est parisien, et qu'il a ses boucles de cheveux, un visage pâle et des yeux verts. J'ai l'impression de peser deux cents kilos, j'ai honte de ces bottes, que je vois soudain pendre à mes pieds, de mon pantalon taché, alors je tente de reprendre l'ascendant, attrapant la cigarette qu'il me tend, et buvant deux gorgées de bière :

— Je viens pour les canards. Faudrait agrainer.

Et mettre de la paille sur l'étang. Sinon, les canetons vont mourir.

Il me regarde sans répondre, comme si je parlais une langue étrangère qui lui serait à jamais incompréhensible. Évidemment, c'est le cas. Nous parlions deux langues qui n'auraient en commun que quelques mots, quelques phrases. Je le vois à ses yeux écarquillés, ses cils courbés très noirs, un peu comme des libellules. Le souvenir des demoiselles dansant au-dessus de ses cheveux tandis qu'il fendait l'eau me revient. Je continue à lui parler, même si je sais qu'il ne me comprend pas, j'explique comment agrainer convenablement et obtenir le meilleur rendement de paille par hectare. Au bout de quelques minutes, il m'arrête :

— Vous parlez de quoi, finalement ? il me fait, en souriant d'un air charmeur.

Je ressens un pincement : mon pressentiment était juste, nous ne pourrons rien partager de ce qui m'est cher. Il ne connaît rien à la chasse, encore moins que ce que je croyais. Mais la déception cède bientôt la place à un autre sentiment : une certaine fierté à pouvoir reprendre l'avantage, à lui expliquer la nature. En cet instant, je crois qu'un ordre va pouvoir s'instaurer. Julien Langlois, l'orphelin, pourrait devenir un fils, ou un parent. Tout retrouverait une place naturelle. Je pourrais peut-être l'aider à se remettre en selle. Le faire décrocher de la drogue, pourquoi pas ? La chasse a eu un effet prometteur sur mon fils, elle pourrait en avoir un sur le Parisien. Pas la chasse exactement, la nature. La terre, les feuilles, les animaux, le sens du vent, l'odeur des marais, le contact boueux avec le réel, tout cela remettait droit même ceux que l'existence avait tordus.

— C'est les canards. Ils mangent. Et qu'est-ce qu'ils mangent à votre avis ?

— Je ne sais pas. Des graines ?

— Oui, c'est pour ça qu'on agraine l'étang. Mais aussi des invertébrés. Mettre de la paille sur votre étang, ça fait venir des larves, des sangsues ou des mollusques, et les canards adorent ça. Le mieux, c'est d'éparpiller les bottes de paille à la surface.

— Mais moi, je ne chasse pas. Ça ne me concerne pas.

— Ah mais, ce n'est pas pour vous que vous le faites. Si vous oubliez, les canetons vont mourir. Et puis, c'est la loi. On doit agrainer et mettre de la paille sur l'étang.

— Ah bon. Je ne savais pas. Avec plaisir alors.

Visiblement, il ne veut pas d'ennuis, il va se plier à nos règles, il semble désireux d'apprendre. Comme Lucas, il va s'ouvrir à ce monde nouveau et oublier l'ancien. Je serai son guide, son mentor. Il sera mon fils spirituel. Soudain, il lève le bras, et les poils noirs de son aisselle font s'envoler d'un coup mes espoirs d'ordre et de filiation. Tout est mis en pièces, saccagé par la précision implacable de son bras, de sa peau. Les marques, les blessures, la pâleur, la puissance de ses avant-bras. La colère me submerge. Un bref instant, je m'imagine en train de lui tirer une balle dans la tête.

En même temps, sans raison, ou pour faire taire mes pulsions meurtrières, je lui propose de passer dîner le dimanche suivant, il répond oui et je me sens apaisé.

Il fume en plaçant sa tige entre le majeur et l'index.

L'Alfa brille sous le soleil de l'été.

Je ne sais pas trop comment exprimer mes pensées, en donner un aperçu qui rende bien les embrouillaminis de mon cerveau. Je peux juste faire une liste des choses que j'avais en tête : la lumière de la carrosserie, ses boucles de cheveux – je me suis souvenu qu'on les appelait « accroche-cœurs ».

Lui, désirant visiblement nouer le contact, s'est mis à parler de tout et de rien : Paris ne lui manquait pas, il aimait être ici, avec les tournesols, les champs de maïs, le blé, moi je l'écoutais un peu étourdi par son énumération sans fin sur les beautés de nos villages, Neuville-aux-Bois, Chambon-la-Forêt, Beaune-la-Rolande, Jouy-en-Pithiverais, Bouilly-en-Gâtinais, Bouzonville-aux-Bois, comme s'il avait appris l'Atlas par cœur, j'ai juste tiqué quand il a évoqué les grappes de raisin, après j'ai oublié, il disait que l'été semblait couler sur les champs et transformer l'eau des lacs en pièces d'or… Quand il a prononcé le mot « lac », j'ai cru qu'il mentionnerait sa baignade, il n'en a rien fait, et ça m'a rassuré : je voulais que cet épisode ne soit jamais exprimé avec des mots, pour ne jamais avoir à prendre position sur ce que j'avais vu.

Puis, on en est venus à évoquer des sujets plus personnels. Je lui ai parlé de mon fils Lucas, de sa réussite à l'examen, du fusil qu'on irait acheter ensemble, je lui ai appris que j'avais une femme qui se nommait Maud – ce qui a eu l'air de l'intéresser un peu, il a dit : « Les femmes, ça manque un peu ; ici, c'est quand même plutôt des paysans. La vôtre, on ne la voit pas sortir le matin. Elle doit partir trop tôt. Mais je crois l'avoir déjà aperçue un soir. Une rousse ? » J'ai acquiescé. Je lui ai demandé finalement s'il avait de la famille à Paris, une attache, des gens à revoir ; il a fait : « Non, personne. Je n'aime pas les Parisiens. S'il y en avait qui venaient me chercher, surtout ne leur dites pas que j'y suis. Je veux vivre tranquille, loin du fracas de la ville », et j'ai trouvé qu'il avait un peu changé son intonation, comme pour se calquer sur moi, me voler mes mots. Après il a ajouté : « Non, je n'ai vraiment plus personne, maintenant que ma grand-mère est morte. »

Avec ses yeux mouillants, il a presque failli m'avoir : même si je savais qu'il mentait, la larme qui a coulé sur sa joue m'a ému. Le mot de sa grand-mère m'est alors revenu en mémoire : c'était un « menteur ».

Pourtant, malgré toutes mes craintes sur le nouveau venu, je suis rentré joyeux : j'ai promis à Lucas qu'on irait lui choisir un chiot dans une semaine ou deux et, quand Maud est rentrée, je l'ai embrassée dans le cou.

La nuit, j'étais dans une sorte d'extase. Maud râlait un peu, pour la forme : « Je travaille, moi, demain ! Toi, bien sûr, tu dors jusqu'à onze heures, tu t'en fiches ! » Je n'écoutais rien, je savais que c'était un jeu entre nous, et je me rappelle comme dans un rêve le blanc de sa cuisse lorsqu'elle s'est ouverte.

QUATRE

On était mardi. Maud travaillait mais Lucas, qui était toujours en grandes vacances, regardait des émissions à la télé. *Les Marseillais*, *Les Anges de la téléréalité*. Ils étaient si bêtes qu'ils en devenaient laids, j'imagine qu'on les choisissait pour ça. Des gens, là-haut, se disaient qu'il suffisait de les laisser être eux-mêmes pour assurer du bon spectacle. À coup sûr, ils diraient autant de conneries que de phrases. Et ça marchait. Ça me faisait marrer, et un peu honte aussi. J'avais l'impression tenace que les producteurs qui les actionnaient auraient pu me choisir à leur place, et que j'aurais fait rire les gens tout pareil. Au début, j'avais regardé pour me rapprocher de Lucas, pour qu'on trouve des sujets de conversation, entre père et fils, après j'y avais pris goût et je venais m'asseoir à côté de lui sur le canapé. Mon fils s'était étoffé. Son torse, ses biceps donnaient à sa silhouette une toute nouvelle allure. Il devenait un homme. Il avait mes yeux, et les cheveux blonds. Je le trouvais beau.

Cette semaine-là, j'alternais entre l'énervement

et l'euphorie. Sans raison. Quand Maud rentrait, il m'arrivait de l'engueuler pour rien, des petites choses sans importance. Mais d'autres fois, je ne me tenais plus de joie et j'avais besoin de m'épancher, alors j'allais m'asseoir près de Lucas quand il restait à la maison et j'embrayais des discussions sur la chasse ou sur la télé, jusqu'à ce qu'il finisse par me dire de me taire, ou bien j'allais rendre une petite visite à Josée.

J'y suis allé trois fois cette semaine-là.

Avec Josée, on ne pouvait pas avoir une conversation. Aussitôt elle se mettait à pleurer, d'ailleurs elle pleurait tout le temps, comme ça, pour une broutille, mais ça ne servait à rien de la consoler ou de s'apitoyer : elle était folle, on n'y pouvait rien.

Ma première fois avec elle – j'avais seize ans, j'y allais avec un copain plus âgé qui connaissait le fonctionnement –, elle avait fondu en larmes quand j'avais relevé sa jupe. J'avais stoppé net, un peu troublé, et je lui avais dit « Bah qu'est-ce que t'as ? Je croyais que tu le faisais avec tout le monde », elle m'avait répondu « Vas-y, ça m'est égal », mais comme elle pleurait toujours je ne savais plus trop quoi faire. Heureusement, le copain était arrivé et m'avait bien expliqué qu'elle était toujours comme ça mais que ça ne voulait rien dire, il m'a montré comment faire en ouvrant son chemisier et en relevant sa jupe, il lui a écarté les jambes et il m'a dit « C'est bon, tu peux y aller », mais de la voir pleurer ça m'avait fait débander et j'ai voulu repartir. Mais elle pleurait encore plus. Du coup, j'étais perdu et je l'ai prise dans mes bras. Elle sanglotait encore un peu. J'ai commencé à lui caresser les cheveux. Elle a fini par s'arrêter et elle m'a souri. Ça m'a fait quelque chose. Vraiment. Elle s'est blottie dans mes bras comme un oisillon. Je me suis senti fort. Quand je suis sorti, j'ai dit au copain que je l'avais fait alors qu'en fait j'étais resté là, à caresser ses cheveux pendant qu'elle jouait avec les poils de mon torse.

J'y suis retourné souvent, ça me remontait le moral. Et puis, un lien s'était noué, un truc sans paroles mais puissant. C'est bizarre mais, après ce jour, elle a fait partie des gens que j'aimais le plus au monde.

Le mercredi, je suis allé lui rendre une visite : dès qu'elle m'a vu arriver, elle m'a suivi jusqu'au réduit et elle a attendu. Elle me reconnaissait. Avec les autres, elle se laissait faire – elle devenait comme une poupée de chiffon, elle soulevait les bras et ouvrait les cuisses –, elle gardait les yeux ouverts, en larmes, prononçant parfois des phrases inaudibles, sans queue ni tête, que personne n'écoutait. Elle ne criait jamais, personne ne l'avait jamais entendue jouir, à peine si on distinguait encore le bruit de sa respiration, on aurait dit une morte. Mais c'était une gentille fille et tout le monde l'aimait bien. À Noël, tous les gars de Chilleurs-aux-Bois allaient lui offrir un petit quelque chose : des chocolats, des peluches, des napperons, ou même des fleurs – comme à une petite fiancée.

Avec moi, ce n'était pas pareil. Ses yeux arrêtaient d'être vides, elle me voyait vraiment et elle poussait des petits cris de joie. Je sais que c'est idiot, mais ça me faisait chaud au cœur. Parfois, elle souriait dès que je passais la porte.

La troisième fois, par contre, le samedi après-midi, il est arrivé quelque chose.

Au moment où je suis entré dans le réduit où les hommes s'enfermaient avec elle, j'ai vu mon fils Lucas en sortir. Ça m'a complètement fait perdre mes moyens. Alors je l'ai croisé sans dire un mot, comme si on ne s'était pas vus, et on n'en a jamais reparlé par la suite. Ça m'a fait mal parce qu'en retrouvant Josée, j'ai vu qu'elle pleurait. Alors j'ai fait comme d'habitude : j'ai refermé la porte et j'ai caressé ses cheveux. Mais cette fois-là, elle n'a pas souri. Et moi, je voulais la voir sourire alors j'ai commencé à lui parler. Je lui ai expliqué qu'un Parisien s'était installé en face de chez moi. Que c'était un type louche. Il se droguait et ma mère m'avait toujours expliqué qu'il ne faut jamais faire confiance à un camé. Elle savait, elle avait eu un petit copain accro à l'héroïne. Au début, il était gentil, et puis il avait commencé à lui mentir, il disparaissait des jours entiers, il rentrait en racontant n'importe quoi, qu'il était parti en vacances, alors que dans le coin, à leur âge, personne ne partait jamais en vacances. Il lui piquait du fric et accusait sa sœur. Il était mort au volant de sa voiture.

Josée m'écoutait. Elle avait l'air d'avoir emmagasiné toute la sagesse du monde. Et c'était peut-être le cas. Tellement de types avaient défilé dans son réduit. Je lui ai caressé le visage avec la vague idée de les lui faire oublier. Elle attendait. J'ai continué.

— Il est très beau, il te plairait. Évidemment,

lui, il ne viendra jamais te voir. Il ne ferait pas un truc pareil. Il est trop délicat. Je ne veux pas dire que tu n'es pas assez bien pour lui bien sûr, mais il doit viser autre chose. Pas la chair, plutôt la conquête. Je le vois comme ça, comme un type qui aime remporter le trophée mais qui ne sait plus quoi en faire une fois qu'il l'a gagné. Un Don Juan, pas un jouisseur. Au fond, il ressemble au chasseur. Le chasseur heureux d'avoir touché sa proie mais qui se fout de la manger.

Il était fort possible que je me trompe complètement mais je sentais en lui une sorte de séducteur frigide. Il voulait conquérir votre affection, votre attention du moins, celle de n'importe qui, le reste était secondaire. L'essentiel pour lui était d'être aimé, mais il était incapable de donner en retour – voilà comment je le voyais.

Josée a hoché la tête. Ça m'a encouragé à poursuivre. Je lui ai expliqué mes craintes, pourquoi ce type me faisait peur et pourquoi je l'espionnais.

— Tu comprends, un homme pareil, c'est de la dynamite. Ça te fout en l'air la cohésion d'un hameau. Je le sens, il va foutre la merde. Me demande pas comment. Mais il le fera. Il va voler, il faut bien qu'il vive et il n'a rien. Il ne fait rien. Il finira forcément par nous cambrioler, ou braquer un magasin. Mais je serai là, je le tiens à l'œil, je ne le lâche pas. Je sais ce que c'est un tox, il faudra qu'il fiche tout en l'air.

Un mot a fait sourire Josée. Peut-être « tox », parce que c'était court. Ça m'a rappelé qu'elle ne comprenait pas ce que je lui disais, je me suis senti un peu misérable. En même temps, Josée avait peut-être une compréhension différente du monde. Elle percevait juste les choses différemment, à un autre niveau. Qui j'étais pour juger que ce niveau était moins élevé que le mien ? Peut-être qu'elle trouvait que j'étais tombé bien bas, que j'étais bien pitoyable et que c'est ce qui l'avait fait sourire. Dans un sens, je m'en foutais, l'important pour moi était qu'elle sourie, quelles que soient ses raisons. Enhardi par l'éclat de gaieté dans ses yeux, je lui ai touché doucement les aisselles, le cou, je l'ai chatouillée. Un son a jailli de sa bouche et je sais que c'était un rire. Un rire bizarre, venu du fond de la gorge, ou du fond de ses souvenirs de ce qu'était un rire. Je l'ai serrée très fort dans mes bras et je l'ai remerciée. Je lui ai laissé cinquante euros. Je ne savais pas trop combien ça coûtait, la joie de quelqu'un.

Grâce à Josée, Lucas et la télévision, la semaine a fini par avancer et le dimanche est arrivé. J'avais réussi à convaincre les autres, pour l'occasion, de sauter un tour et de refaire la soirée chez moi : je voulais montrer ma maison, ma femme et mon fils à Julien Langlois. Pourquoi ? Je ne sais pas très bien. Peut-être que j'avais juste envie de crâner, du moins de me rattraper pour la maladresse de ma visite. Elle m'avait laissé, somme toute, un goût amer. J'avais revécu certains silences, des phrases idiotes que j'avais pu dire. Je m'étais fait l'effet d'un gros rustre, ce que j'étais mais pas seulement. J'avais aussi un fils beau comme un dieu, une femme douce à la chevelure de feu et une grande maison. J'avais envie qu'il puisse contempler cette autre facette de moi.

Ce soir-là, Maud a mis les petits plats dans les grands, avec du foie gras à la crème de lentille, du lapin aux petits pois, un plateau de fromage et une soupe de cerise à la menthe, et les autres aussi avaient tous fait des efforts en apportant des bouteilles de qualité et en s'habillant avec soin – même Corinne avait troqué son pantalon léopard pour un pantalon noir tout simple.

On était un peu excités à l'idée de rencontrer le « nouveau », le « Parigot », et quand il est entré, il y a eu un silence de quelques minutes. Il faut dire qu'il en mettait plein la vue avec son jean et sa chemise blanche, mal repassée, qui lui donnaient un air d'adolescent, avec ses accroche-cœurs noirs. Moi, en les voyant comme ça, abasourdis, je me suis senti fier comme s'il appartenait à ma famille, ou qu'il était à moi. Je les ai regardés, puis lui, et le contraste m'a sauté au visage : pas de doute, on était des rustauds, même Patrick, oui, même lui, d'ailleurs il devait le sentir, il était le seul à détourner la tête. Alors que les autres dévoraient Julien des yeux, lui fumait d'un air agacé.

Pendant l'apéritif, Patrick a essayé de marquer son territoire, surtout par rapport aux femmes, à qui il envoyait des vannes et des compliments, mais elles lui lançaient des regards plus froids que d'habitude, pour lui indiquer qu'on devait se tenir autrement devant le Parisien – enfin, je ne sais pas si elles le pensaient en ces termes ou si elles agissaient par une sorte de soumission au mâle le plus puissant du troupeau, et aussi curieux que ce soit, le plus puissant des mâles c'était lui, le Parisien aux traits de fille. Plusieurs fois, j'ai surpris Patrick en train de ronger son frein parce que Emmanuelle riait à une plaisanterie du Parisien.

Il faut dire qu'il sortait le grand jeu, à croire qu'on était les derniers êtres vivants sur terre. Il parlait à tout le monde, sauf à Patrick, et à tous, il donnait l'impression de n'avoir jamais croisé quelqu'un de plus drôle, de plus intéressant. En face de lui, ses iris verts plongés dans les vôtres, on se sentait quelqu'un.

Moi, je ne sais pas, ça me plaisait qu'il trouve ma femme à son goût, pour un peu j'aurais aimé lui montrer Maud toute nue, ses seins, ses fesses, un peu comme pour me justifier à ses yeux parce que, vêtue, Maud m'est apparue soudain un peu pataude, comparée à sa finesse à lui. En le regardant porter à ses lèvres sa coupe de champagne, j'ai eu la sensation qu'il devait s'intéresser à des femmes plus distinguées, plus minces, bien plus belles que la mienne : j'ai eu honte. Mais très vite, il lui a donné du « chère madame », puis du « chère Maud », et ça m'a rassuré.

À peine à la deuxième coupe, comme Julien Langlois portait un toast à « ces dames », Patrick l'a entrepris sur la chasse :

— Mais alors, vous en êtes ?

Le voisin l'a regardé avec étonnement, en relevant ses sourcils et en écarquillant un rien les yeux, de la même manière qu'il l'avait fait quand je lui avais parlé d'empailler l'étang, et il a demandé :

— J'en suis de quoi?

— Des nôtres, a refait Patrick, sans rien ajouter.

— Je ne sais pas en quoi, mais c'est mon plus grand souhait.

En disant ces mots, souriant, enjoué, il s'était levé et avait porté un toast, et moi je me répétais « menteur » dans ma tête, mais je ne pouvais pas m'empêcher de l'admirer et Patrick a dû mettre un terme aux « bravo » des femmes en expliquant ce qu'il avait voulu dire – ce qui était un échec, vu qu'il comptait nous faire rire, à cause du double sens de ses paroles :

— Des chasseurs, je voulais dire. « Des nôtres », c'est ça que ça veut dire : « être chasseur ». Pas autre chose. Ou alors on ne le dira pas devant les dames.

Là, on a ri pour ne pas le froisser, mais j'ai bien remarqué qu'il disait « dames », comme Julien Langlois.

— Non, je ne chasse pas. Mais c'est que personne ne m'a appris. À Paris, vous savez, on n'a pas l'occasion.

— Je me demande qui peut vivre à Paris.

Il y a eu un silence, on se demandait si Julien allait se fâcher. Mais il a souri. Il est resté très tranquille, comme si ça ne l'englobait pas.

— Vous l'avez dit. Je déteste les Parisiens. C'est pour ça que je suis parti.

Patrick, qui avait son terrain de supériorité tout trouvé, en est resté comme deux ronds de flan quand il a entendu le Parigot dire qu'il détestait les Parigots. Il a continué à le tester quelque temps :

— Paris, c'est politicards et magouilles.

— Je suis bien placé pour le savoir. J'ai travaillé à la mairie. J'y suis resté un an avant de démissionner. J'en pouvais plus.

— J'en doute pas. De la part de ces salopards, plus rien ne nous étonne !

— Et vous avez raison. Un jour, j'ai même intercepté des lettres pour la maire qui venaient d… Je vous le glisse dans le creux de l'oreille. Et faut me promettre de le répéter à personne.

Et il a chuchoté un nom. Maintenant, ça semblerait ridicule si je dévoilais son identité, tellement ce n'est pas crédible, mais nous, ça nous en a bouché un coin.

— Ça ne m'étonne pas, a fait Patrick, mais on voyait qu'il était scié.

— Et vous les avez lues, ces lettres ?

Je me suis étonné car la question venait de Maud. Elle restait toujours à l'écart des conversations, d'ordinaire. Son regard se perdait dans le lointain. Elle portait sur tout et tous une attention flottante, qui faisait dire à certains qu'elle était idiote. Ce n'était pas dit, ni pensé, avec mépris ni méchanceté ; ici, les gens acceptent les différences plus facilement qu'en ville. Cette tolérance est due, je pense, à l'étroitesse de nos villages. C'est plus simple d'accepter ceux qu'on connaît que les autres.

Je savais, moi, que ma femme ne manquait pas d'intelligence. Elle était juste pensive, absorbée dans ses divagations. Mais là, pas du tout : elle portait à la conversation un intérêt réel, qui avait ramené une lueur dans ses beaux yeux bruns.

Julien a relevé la tête vers elle, il l'a fixée

attentivement. J'ai senti quelque chose dans son regard. Une forme d'admiration. Par ricochet, cette admiration a rejailli sur moi. Je me suis senti fort. Je sais que ça paraîtra bizarre mais je ne considérais pas ma femme comme une de mes possessions, un bien que les autres n'auraient pas dû regarder sous peine de me manquer de respect. Un défaut d'instinct de propriété, j'imagine.

— Toutes. Je n'ai pas pu résister. Vous trouvez ça honteux ?

Ils venaient de créer une sorte de bulle rien qu'à eux deux. Mais les autres les scrutaient à la loupe. Ils ne perdaient pas une miette de leur échange. Maud a rougi. J'ai cru qu'elle ne répondrait pas – elle en avait déjà trop dit, d'après ses critères et évidemment ceux de mes amis. Pourtant, malgré les yeux posés sur elle, elle a demandé en le fixant bien droit :

— Elles étaient belles ?

— Très. D'une grande simplicité. C'est ce qui les rendait belles, je trouve.

Il avait un besoin si éperdu de plaire que c'en était troublant. Je le voyais exactement avec Maud, ou les autres, comme il l'avait été avec moi quand j'étais allé lui rendre visite. Il essayait de vous accrocher avec ses sourires, ses yeux, son corps tout entier. Quand il vous parlait, il s'avançait tout près, trop près, comme s'il avait voulu vous emporter vraiment avec lui. Et ses mains. Ses mains s'envolaient, elles ne restaient jamais en place. Elles ressemblaient à des colombes.

Même son intonation changeait. Parfois, je suis

certain de l'avoir vu copier le geste de la personne en face de lui, imiter ses mimiques, l'inflexion de sa voix ou la posture de sa tête. Sa stratégie marchait si bien sur moi que j'ai cru qu'il allait gagner la partie, qu'il s'était fait une place à nos côtés, plus seulement le « voisin » ou le « Parisien » : « Julien » tout court. Mais, alors qu'à certains moments il semblait si proche de nous, on ne pouvait pas s'empêcher de le trouver bizarre à d'autres, par exemple quand il a raconté qu'il écrivait des poèmes, des compositions de deux ou trois lignes, comme les Japonais qui se mettent à l'écoute du cosmos, et qu'il a affirmé qu'il pouvait en inventer un en claquant des doigts, et qu'il a récité ça :

La nuit du chasseur obscurcit son regard, mais pas le vol des oies sauvages.

Quand il a eu terminé, les autres sont restés muets. Puis ils se sont mis à rigoler. Je ne savais pas trop quelle contenance adopter, vu qu'il était mon invité, finalement les rires se sont tassés et on a repris la conversation. C'est alors qu'il nous a proposé de jouer au poker.

Moi, je n'avais jamais joué et je me méfiais de lui, mais il assurait qu'il ne pariait jamais d'argent, qu'il nous apprendrait avec des allumettes :

— Et vous pourrez y rejouer dans l'intimité, avec vos belles. En faisant un strip-poker : au lieu de miser de l'argent, on parie ses vêtements.

— Oh !

Pour une fois, les femmes ne voulaient plus quitter la table pour aller faire la vaisselle, elles disaient qu'elles voulaient apprendre à jouer aussi, et

Patrick a dû user de toute son autorité pour étouffer l'émeute, les refouler dans la cuisine, attrapant d'abord Maud par la jupe, « Toi qu'es la plus raisonnable, ma grande, explique-leur qu'il faut nous laisser entre hommes », et la repoussant vers la cuisine américaine d'une tape sur la croupe, finissant par entraîner Emmanuelle à l'écart, parlant bas, mais ça sentait la rage à plein nez, lui donnant une claquette sur la joue, qui a failli provoquer toute une histoire. Elles ont fini par se rendre, tout en continuant à tendre l'oreille vers le « salon » et à comploter.

On entamait une partie pour du beurre quand Didier a bégayé :

— Les gars, faut que je vous dise un truc. Christine et moi, on va se marier.

— À ton âge ?

— Mais qu'est-ce qui te prend ? T'en as pas eu assez la première fois ?

— Je ne rigole pas. On va se marier… Oh, pas un gros mariage. Un petit. Que nous, en fait, des gars de Chilleurs-aux-Bois, et une ou deux amies à elle. Moi, de toute façon, j'ai plus de famille et elle a perdu ses parents y a pas longtemps. Alors, avec mes économies et son héritage, on voulait faire une petite célébration.

— Pourquoi vous ne gardez pas l'argent sur un compte ?

— Ça nous fait plaisir de faire une fête. Vous trouvez ça idiot ?

— Pas du tout, a fait Julien Langlois, au contraire. Je trouve que ça a du panache !

Et comme Didier lui souriait de plus en plus fort, il n'a pas résisté au désir d'en rajouter :

— Un mariage à votre âge, c'est encore plus beau, c'est une décision d'adulte…

— Oui, c'est ça.

— ... c'est émouvant…

— On est amoureux.

— La dernière fois qu'il a dit ça, a fait Steeve en rigolant, sa femme s'est barrée avec le boucher !

— Oui, mais là, elle m'aime.

— Sois réaliste, Didier. Elle veut un homme chez elle, c'est tout. À notre âge, même les femmes ne sont plus amoureuses.

— Pourquoi pas lui ? a demandé Julien Langlois – et pour la première fois, j'ai senti quelque chose de presque sincère dans sa voix. Je suis certain que, quand il aime une femme, il peut tout lui donner. J'ai tort ?

Didier rayonnait, mais la nouvelle de son mariage n'a peut-être pas pris sa juste ampleur, du fait qu'il nous l'a annoncée le jour où on présentait Julien Langlois, au milieu d'une partie de poker, jeu nouveau pour nous, qui demandait toute notre concentration, et du fait que les femmes, même si elles entendaient tout de la cuisine, continuaient à bouder.

Quand Julien est parti, on est restés tous ensemble et je m'attendais à plus d'enthousiasme. Je croyais, comme j'ai dit, qu'il avait gagné la partie, ce qui aurait sans doute été le cas, sans Patrick, mais pour lui, Julien restait le Parigot, c'était une affaire classée :

— Faut se méfier des Parisiens : ils veulent tout, vos terres et vos femmes.

— Comment tu le sais ? a dit Didier.

— C'est un hypocrite, je ne le sens pas.

— Je le trouve gentil.

— Toi, de toute façon, t'as toujours trouvé les gens sympas et ça t'a rapporté quoi, à part laisser ta femme se faire la malle avec le viandard de Chilleurs-aux-Bois ?

Alors, Didier n'a plus rien dit et le sujet a été clos.

CINQ

De ce moment, Julien est venu à plusieurs reprises, des soirs de la semaine où on se réunissait à l'impromptu, pas tous, mais quand même un bon nombre, on s'asseyait et, inévitablement, on finissait par passer au « salon » faire un petit poker. Ce jeu-là, pour nous, c'est devenu une drogue. Quand je dis « drogue », la vraie ! On ne pouvait plus se passer de jouer, à tel point que, lorsqu'il ne pouvait pas venir, on tapait le carton entre nous.

Sans lui, c'était toujours moins bien, parce qu'il savait y faire, avec son visage un peu crispé mais souriant, ses boucles qui retombaient sur son front, dissimulant les plis de concentration, sa gravité quand il annonçait la mise. Nous, on se connaissait trop pour s'accorder le crédit suffisant. Comme si on avait voulu réaliser un casse de banque, le truc sérieux, qui donne le frisson, mais que sous le bas nylon, j'avais reconnu Steeve. On n'y croyait pas autant, et même Patrick, qui s'y efforçait, ne provoquait pas l'effet souhaité : le sérieux, la tension, la peur – ce qui le mettait parfois dans des colères insensées.

« Vous préférez jouer avec un étranger, c'est ça ? Il vous colle les glandes, le Parigot ? Je comprends pas : il pèse deux grammes, il a des manières de pédé ; non vraiment je pige pas », il disait en s'étranglant de colère. Mais c'était vrai qu'il nous collait les glandes, on n'y pouvait rien.

Il faut dire qu'on avait drôlement chargé les mises : les allumettes, on avait fini par décréter qu'on n'en avait jamais une assez grande quantité pour nous tous, on les avait abandonnées pour des petits pois, mais les femmes râlaient de devoir écosser des centaines de petits pois et si on leur disait de prendre des surgelés, elles râlaient encore comme quoi on gâchait la nourriture, et combien ça coûtait. Bref, on misait de l'argent. On avait réuni consciencieusement toutes les pièces jaunes qu'on avait pu trouver. Nos poches étaient toujours pleines.

On jouait parfois jusqu'à des heures impensables, en buvant du cognac, parlant peu, concentrés, fébriles, lui nous enseignant des tactiques, des attitudes à avoir.

Au début, il nous avait laissés gagner, « La chance du débutant », il disait en souriant, puis, au fur et à mesure, il nous faisait de moins en moins de cadeaux, répétant : « Ça va revenir, les gars, ne vous inquiétez pas. Le poker ça marche par cycle. Le cycle de la chance et de la malchance. La roue va tourner à nouveau. »

Un jour, on avait joué plus tard que d'habitude

et Maud avait demandé à s'asseoir à la table pour voir, parce qu'elle s'ennuyait. J'allais refuser, mais Patrick a pris les devants. Il voulait qu'elle s'assoie sur ses genoux mais elle a pris une chaise et s'est assise à sa droite.

Mais ce soir-là, assis près de ma femme, Patrick s'est fait plumer comme un poulet. D'abord, on a été un peu surpris, on ne misait jamais autant d'habitude, mais là, la présence de Maud, ça les a un peu rendus fous, comme deux coqs, et pas un qui voulait céder à l'autre, et les mises grimpaient, encore qu'avec les autres on s'était couchés depuis longtemps. On les regardait. Julien souriait, frais, avec ses boucles noires, il paraissait vingt ans plus jeune que nous. Le contraste n'était pas à l'avantage de Patrick, qui suait un peu, s'essuyant de temps à autre avec sa serviette, légèrement maculée de sauce, repoussant en arrière ses cheveux collés.

Quand Julien est parti, avec six cents euros en poche, il a souri avec douceur à tout le monde, comme pour s'excuser, surtout à Patrick, à qui il a dit « T'en fais pas : tu vas les regagner demain », et j'étais certain que le lendemain, il le laisserait tout reprendre : il s'était emporté et regrettait certainement son geste, s'étant aperçu trop tard de la tempête qu'il avait provoquée.

Patrick ne s'est pas éternisé, mais on voyait qu'il se sentait mal. Il bouillait. J'étais sûr, moi qui le connaissais par cœur, qu'il haïrait éternellement Julien de l'avoir humilié devant nous et devant une femme. Il ne faut jamais faire honte à un homme, on s'en fait un ennemi pour la vie. Pour se venger, il s'en est pris à Maud :

— Tu portes la poisse, toi.

— Ce n'est pas ma faute, a fait ma femme.

— À qui alors ? il a refait.

Maud a baissé la tête, on s'est dit bonne nuit et à demain, mais le cœur n'y était pas. Quand j'ai retrouvé Maud dans la chambre, elle m'a dit :

— Je l'ai vu, ton Parisien. Derrière son dos, il trafiquait des as. Il triche.

Je ne saurais pas dire pourquoi mais son accusation m'a rendu furieux : je l'aurais étripée sur place, je lui ai fait les mêmes reproches que Patrick, en affirmant qu'elle portait la poisse, elle s'est tue et on s'est pieutés, en boudant chacun de son côté du lit.

Depuis qu'on jouait au poker, on était tous devenus superstitieux, on suspendait des pattes de lapin en haut des armoires, on surveillait les cycles lunaires, on se méfiait des chats noirs, on remettait la pointe de nos fourchettes vers le bas et les pains vers le haut.

J'espère que tu me comprendras, Pierre, si je te dis que la fin du mois d'août a été la période la plus heureuse de ma vie. Je continuais à me méfier, bien sûr, je ne baissais pas la garde. Je regardais son manège d'un œil vigilant. Je n'étais pas dupe. J'attendais le bon moment pour le confondre.

Ma joie, à part les parties de poker, c'est Lucas qui me l'apportait : l'amélioration de nos relations est arrivée exactement à ce moment, notre rapprochement à tous les deux. C'était la deuxième moitié du mois d'août, le temps, je m'en souviens encore, alternait entre orages, pluies et soleil de plomb, et on est allés lui acheter un fusil et un chien.

D'abord le fusil. Moi j'avais mon armurier près de Chilleurs-aux-Bois, à qui je faisais bien plus confiance qu'aux Parisiens en matière de chasse, mais j'ai tenu à l'emmener à Paris, là où mon père m'avait acheté mon premier fusil une génération plus tôt : cette fidélité au passé me paraissait le meilleur augure possible pour son destin de chasseur et nos relations futures.

Alors, on a pris le train – parce que Maud utilisait la 208 et que j'avais peur de rouler dans la capitale, où les gars sont de vrais malades –, qui nous a amenés jusqu'à la gare de Lyon, et de là, on a suivi la rue de Lyon jusqu'à l'armurerie.

Arrivé presque à sa hauteur, ne la voyant toujours pas, j'ai regretté de ne pas avoir appelé. J'ai ressenti un pincement au cœur : si elle avait disparu, la journée était perdue, gâché le plaisir que je m'en promettais depuis trois semaines, d'autant que le début de journée avait été un peu triste, avec moi si joyeux de lui faire plaisir, de retourner dans la boutique comme jadis avec mon paternel, et lui qui restait sans dire un mot, l'air honteux de se montrer à mes côtés devant les filles du train.

Si je ne la voyais pas, l'armurerie, c'est qu'elle était bien plus petite que dans mon souvenir : elle existait toujours, mais elle avait rapetissé et semblait ternie, jusqu'aux carabines accrochées au mur ou exposées dans des vitrines, qui brillaient moins qu'alors – peut-être qu'on en prenait moins soin que dans le temps. Moi qui avais gardé un souvenir précis des deux vendeurs tirés à quatre épingles qui m'avaient fait essayer mon premier fusil, en particulier le jeune homme un peu gras, bien engoncé dans sa veste, avec sa cravate grise, j'ai trouvé les nouveaux un peu négligés. Celui qui nous a parlé le premier avait les cheveux rasés et une boucle d'oreille, il était taillé comme un bœuf, peut-être cent kilos pour un mètre quatre-vingts : il ressemblait à un garçon boucher, mais lui aussi, comme jadis, nous a apporté cette chaleur humaine que la capitale, je commence à le croire, dispense uniquement dans ses armureries.

Le vendeur nous a conseillé le Baïkal Tundra Super :

— Canons de 73 centimètres demi-choke et plein choke ou à chokes interchangeables. Son devant semi-anatomique est quadrillé à la main. Pour un fusil de premier prix, il a une fabrication impeccable et une forte personnalité. Ça convient parfaitement à un jeune d'aujourd'hui.

Pour mon fils, je voulais éviter d'abord les bleus aux joues, alors le vendeur lui a bien calé la crosse au creux de l'épaule.

— Un petit gars d'un mètre soixante-dix, disait le vendeur, il ne peut pas emprunter l'arme d'un gaillard de deux mètres.

On a calculé la longueur de crosse, en posant la plaque de couche à la saignée du bras et en lui faisant saisir la première détente avec l'index. Pendant ce temps, je traquais ses réactions, regardant s'il relevait les sourcils, s'il n'avait pas le petit frisson en caressant le canon bien net du fusil – mais on ne pouvait rien dire. Quand il m'a demandé ce que je pensais du fusil qu'il trouvait le plus beau, je n'ai plus dérougi de plaisir et la journée a commencé enfin à s'illuminer.

Pour fêter son premier fusil, je lui ai offert un coup dans un café sur les bords du bassin de l'Arsenal – même si on ne voyait pas l'eau de la terrasse, on était juste en face.

J'ai commandé une bière et lui aussi. Le gars nous a servi une blonde.

— C'est les meilleures, les blondes qui moussent.

Mon fils a souri. Je le regardais. Il me semblait d'une beauté inespérée, avec un père comme moi. Il avait hérité de ma stature mais ses traits étaient inexplicablement fins et bien dessinés.

Je le sentais attentif, je me sentais en verve :

— « Le jeune tire quand le vieux mire » : c'est l'adage. Ça veut dire que tu dois réfléchir avant de tirer. Il ne faut pas s'emballer. Garder la tête froide. Et PAN !

Il a sursauté parce que j'avais crié trop fort, si fort qu'on aurait dit que la rue en résonnait.

— Quand tu attaques le gibier qui vient vers toi, écoute ce qu'il faut faire. Mettons que tu voies un canard : tu lèves ton fusil, tu diriges le guidon vers la pointe du bec et tu tires…

Une fille a détourné son attention, je l'ai regardée aussi : c'était une jeunette de quatorze ou quinze ans, avec un foulard sur les cheveux et un pantalon serré ; elle s'est retournée et a regardé mon fils. N'y tenant plus de fierté, je l'ai poussé du coude :

— T'as fait une touche.

Il a haussé les épaules sans répondre, comme si ça lui arrivait tout le temps et qu'il n'en tirait pas de fierté particulière. J'imagine que c'était vrai. Vu son physique, il devait être le roi du poulailler.

— La deuxième possibilité, c'est de le laisser passer et le tirer en fuyard. Dans ce cas-là, tu portes le guidon à hauteur de la queue. Tu presses la détente…

Comme Lucas était assoiffé, on a recommandé une bière. Le serveur n'arrêtait pas de nous mater, finalement il s'est approché pour nous demander si on était chasseurs.

« C'est que j'ai entendu votre discussion, il a fait, moi aussi je chasse », et malgré qu'il soit parisien, il a payé sa tournée.

— Quand le gibier tombe à tes pieds, paf : « coup du roi »…

Au bout de la cinquième tournée, l'ange de la Bastille menaçait de s'envoler et la tour tanguait, et je continuais à parler :

— Il reste la technique du « queue-tête-pan ». Tu dois déterminer quel est ton œil directeur. Pour ça, tu pointes l'index vers une cible en cachant l'œil gauche : s'il ne semble pas avoir bougé, c'est ton œil droit qu'est directeur. Sinon, c'est l'inverse. Pour le « queue-tête-pan », t'attaques derrière l'oiseau : tu presses la détente quand la tête disparaît derrière le canon. Queue… tête… PAN !

Je voulais aussi que le petit ait une éthique. Alors je lui ai raconté ma première chasse au blaireau. La plupart du temps, je chassais la perdrix, le canard ou le lièvre, plus rarement le sanglier, mais une fois, quand j'avais à peine quinze ans, j'avais participé à une chasse aux blaireaux et c'est un événement dans la vie d'un chasseur, peut-être une étape nécessaire dans notre formation. Grâce à mon oncle, qui était maître d'équipage dans le bocage vendéen, j'avais pu accompagner les déterreurs – car, même si les chasseurs n'emportent pas de fusils, il faut un permis pour la chasse sous terre.

Après la préparation de la sortie, qui prenait plusieurs jours, tous les déterreurs se donnaient rendez-vous chez mon oncle, munis d'un attelage remorque à l'arrière de leur voiture, où ils déposaient leurs outils – serpeaux, bêches, pelles, raclettes, lampes torches, pinces, sondes, seaux – et des réserves d'eau. La sortie durait une journée, et ça demandait une endurance physique de bête, d'autant que mon oncle pratiquait la chasse sous terre dans les règles de l'art et le respect de l'animal. Pas question pour lui de tirer dans la terre et de dégommer le blaireau à l'arraché : même si ses méthodes allaient à l'encontre de l'efficacité immédiate, il voulait préserver les traditions – sinon, il disait, pourquoi pas abattre les sangliers au lance-roquettes ?

Mon oncle prenait avec lui des fox-terriers au poil dur, des bêtes qu'il connaissait bien, très résistantes : le chien, dans la chasse sous terre, c'est la vedette. La traque peut durer des heures, pendant lesquelles il doit continuer à acculer le blaireau jusqu'à ce que le chasseur l'ait localisé et, s'il relâche son attention, le blaireau en profite pour se faire la malle dans une autre galerie et disparaître. Et puis le blaireau, c'est méchant – ça mord, ça griffe –, alors le chasseur doit bien faire attention à ne pas provoquer une attaque du chien, s'il veut éviter de faire couler le sang.

— Ce jour-là, je m'en souviens, c'était la mi-mai. On est arrivés dans la garenne en Vendée et, pendant de longs moments, on a dû éclaircir le terrain, en arrachant les ronces au serpeau, ce qui m'a paru interminable. Mais la chasse est un apprentissage de patience. Une fois que tout a été nettoyé, il a fallu recouvrir les trous, à mesure qu'on les distinguait, avec des seaux en plastique, qui permettaient de localiser leurs emplacements : il suffisait de soulever pour introduire un chien. À part quand on veut désorienter les bêtes, on n'utilise qu'un chien à la fois pour la chasse sous terre, qu'on lâche selon une position précise par rapport à la garenne, à bon vent.

Même s'il commençait à être sérieusement ivre, Lucas m'écoutait vraiment. Je crois que c'était la première fois.

— Le principe de la chasse sous terre, c'est de faire acculer le blaireau avant de le déterrer soi-même, donc il faut rester très attentif au chien : quand celui de mon oncle s'est mis à crier, il a fait un signe de la main pour nous donner l'ordre de nous taire. L'œil froncé, il a écouté les cris de sa chienne, puis il a chuchoté : « À sa voix, c'est un blaireautin qu'elle a déniché. Il ne doit pas se trouver en face d'elle, sinon elle n'aurait pas poussé ce cri-là. Le petit doit se trouver dans une galerie trop étroite pour Domi. » Moi, ç'aurait été Dieu ou Sherlock Holmes qui aurait parlé, c'était pareil.

« On voulait déjà se mettre à creuser qu'il nous faisait taire à nouveau, tendait l'oreille pour suivre la progression du chien et nous expliquait qu'avec le blaireau, c'est fréquent que la chasse se déplace, qu'on doit rester patient et attendre, des heures s'il le faut, de localiser la bête. Pour la localisation, qui dépendait du lieu où on se trouvait, car la terre et la roche ne résonnaient pas pareil, mon oncle lançait une sonde en inox – que personne n'avait le droit de lancer à sa place, à cause de sa fragilité – et, après quatre ou cinq coups, il indiquait la galerie où devaient se trouver la chienne et la bête, en tête à tête.

« On avait commencé à creuser une tranchée, longue d'environ deux mètres, en nous relayant et, une fois la galerie dégagée, quoique pas encore ouverte, mon oncle a essayé de vérifier si le blaireau n'avait pas filé dans une de ses nombreuses galeries à plusieurs étages, mais tout semblait au mieux : d'après lui, on se trouvait juste au-dessus de Domi, qui continuait à acculer le blaireau. Méfiant, ne voulant pas provoquer l'accrochage entre les deux animaux, pour que sa chienne ne se blesse pas, il avait enlevé Domi et là, on l'avait vu prendre le blaireautin à la main, avec une précision, une fermeté et une douceur pas croyables, et après, il a dit ces mots, dont je me souviendrai toute ma vie : « Des blaireaux, il y en a plus beaucoup. Je propose qu'on le gracie. » Les déterreurs ont applaudi.

— Sérieux ? a dit mon fils.

Il était outré.

— J'étais comme toi, dégoûté. Des heures qu'on

attendait, des heures à se taire, à creuser – j'en avais des cals sur les mains – pour laisser filer la bestiole, alors que je rêvais depuis le matin que l'oncle me donne sa peau. Je voulais la tanner pour faire un couchage à mon chiot. Mon oncle a repris la parole : « Je félicite chacun de vous pour ce bel esprit d'abnégation, qui témoigne de votre amour véritable de la nature. Je vous remercie pour le respect que vous avez montré pour les lois de la chasse… » Maintenant, je sais qu'il avait raison.

— C'est quoi l'intérêt alors ?

— Le panache. Le style.

Il fallait que Lucas comprenne que la chasse n'est pas liée à la mort, que c'est une discipline qui demande du temps, du courage, de la patience, l'amour de son chien, de la bête qu'on traque. C'est un art, justement parce que ça ne sert à rien.

En rentrant chez nous par le RER, j'étais salement attaqué, et Lucas aussi je crois, et je parlais toujours, ou je lui traçais des schémas, des dessins pour différencier la perdrix rouge, la bartavelle, la perdrix choukar, la gambra ou la rochassière, puis pour distinguer la bécasse jeune ou vieille : « L'adulte, je disais, elle a la plume ronde, la jeune la plume pointue et crénelée » et Lucas me répondait « C'est comme pour les femmes ! », et je rigolais, autant pour la blague que pour le plaisir d'entendre rire mon fils.

— Il y a plein de ressemblances : pour les femmes aussi, faut avoir l'œil, savoir les reconnaître. La jeune et la vieille, la molle et la dure. C'est un gibier comme un autre.

— Mais avec elles, le tir est plus facile. C'est juste queue… et pan !

Quand on est rentrés pour dîner, le soir, ça a mis une drôle d'ambiance, parce que Maud ne pouvait pas comprendre pourquoi on était contents comme ça, et qu'est-ce qui nous était arrivé, elle ne voyait pas pour quelle raison l'achat d'un fusil nous mettait dans cet état. Finalement, elle a reniflé dans ma direction, puis dans celle de Lucas.

— Mais vous êtes pleins, ma parole !

On a éclaté de rire, elle ne pouvait trop rien dire, comme une étrangère qui n'aurait pas compris notre langue.

Le soir, quand Maud et Lucas se sont couchés, je me suis relevé pour scruter Julien au bout de mes jumelles. Il fumait cigarette sur cigarette. Il mangeait uniquement des pâtes, un truc vite fait, avec de la sauce tomate et c'est tout. Pas étonnant qu'il soit si maigre. Je l'ai vu se mettre de la poudre dans le nez. C'était la première fois que je le surprenais en train de le faire. La première fois que je surprenais qui que ce soit en train de le faire. Ça m'a fait drôle, une impression d'eau glacée.

Après, il a allumé sa télé sur une chaîne de gamins et il a regardé des dessins animés jusqu'au bout de la nuit. Je me suis dit que je profiterais du premier moment où il quitterait sa maison pour me glisser chez lui.

Le lendemain, on est allés choisir un chien pour Lucas au val des Rousses, ce qui a été une tout autre affaire : les chiots, c'est toujours adorable, mais traître ! On ne peut pas savoir au premier coup d'œil comment ils vieilliront, ceux qui deviendront violents ou non, les timides, les agressifs, ni rien. Alors on a décidé de prendre notre temps et de lui faire passer le test de Campbell. Ça signifie, Pierre, qu'on prend un chiot à sept semaines et que son futur propriétaire doit l'emmener dans un endroit où ils ne seront pas dérangés. Normalement on le fait seul, mais mon fils a voulu que je l'accompagne. On a pris l'un des chiots, qu'on a emmené chez nous, dans le champ, j'ai délimité un cercle d'environ deux mètres ; on a placé le chiot au centre, nous sur la périphérie, et on a attendu sans parler. Il n'a pas bougé. Lucas était si déçu qu'on l'a ramené immédiatement au vendeur, sans lui faire passer les autres tests. Il en a choisi un autre, un setter anglais, minuscule, adorable, et l'a placé au centre du cercle. Aussitôt, le chiot s'est dirigé vers Lucas, la queue haute, en lui donnant des coups de patte en direction des mains – Lucas ne se sentait plus de joie : il me lançait des yeux enflammés pour me dire que c'était celui-là, qu'il le sentait.

Puis Lucas s'est approché du chiot blanc et noir et s'est lentement écarté de lui : le setter l'a suivi, la queue haute. Pour tester ses réactions à la contrainte, il fallait ensuite le placer sur le dos en le roulant pendant trente secondes, pour voir s'il se débattait, ce qu'il a fait. Et même s'il s'est retourné sur le dos quand Lucas l'a caressé, à la fin, surélevé à quelques centimètres du sol et maintenu ainsi pendant trente secondes, le setter s'est bien débattu : il avait obtenu quatre B et un D. « Les B, j'ai prévenu Lucas, c'est les meilleurs chasseurs, mais je ne suis pas sûr de la réaction de Max, devant un dominant comme ça», mais Lucas le voulait si fort qu'on l'a pris. Il l'a appelé Akira.

Quand on a ouvert la porte de la maison avec Akira dans les bras, Max a aboyé fortement. Il s'est approché, nous a reniflé les pieds, pendant que le chiot jappait à nous casser les oreilles, et inexplicablement, il a couru à l'autre bout de la maison. Depuis ce moment, ils s'arrangeaient pour ne pas se croiser et, quand ça se produisait, Akira aboyait avec un timbre si perçant que Max prenait la fuite.

Les dix derniers jours d'août, il a fallu habituer Akira au bruit des coups de fusil.

Pour ça, on l'a fait jeûner pendant vingt-quatre heures et au bout de ce temps, on a mis sa nourriture dans la gamelle en inox de Max : dès qu'Akira arrivait pour manger, on tapait sur le métal avec un bâton. Peureux au début, le chiot a fini par s'approcher au bout de quelques jours, on a tapé plus fort, jusqu'à ce qu'il vienne manger en frétillant de la queue. L'étape suivante, c'était le pistolet à amorces. On tirait comme des fous – et Akira venait manger, la queue haute.

Quelque temps après, on l'a dressé, sur une piste artificielle, à la recherche au sang. La recherche au sang, c'était surtout si on va à la chasse au grand gibier, parce qu'un sanglier peut supporter les balles de gros calibre et continuer à se déplacer, hors de vue, alors qu'il est blessé à mort. Mourir seul, dissimulé dans la forêt, où il s'est enfoncé, sans que vous puissiez jamais retrouver sa trace.

On a donc appris à Akira à suivre une piste de sang, que nous avions tracée à l'aide d'une éponge imbibée, et à aboyer au gibier mort. Pendant ces grandes vacances, tout le monde refaisait son éducation.

Même si je passais des heures avec Lucas à dresser Akira au bruit des balles, je ne perdais jamais de vue la maison de Julien Langlois. Je notais ses allées et venues. Il ne partait pas très longtemps, pas assez pour que je me glisse chez lui par effraction sans risquer de tomber nez à nez avec lui. Il partait faire quelques courses, rapides – ça ne lui prenait guère plus de quinze minutes. Il allait chez l'Arabe de Chilleurs et c'était tout. Mais un jour, j'ai eu de la chance. Je l'ai vu sortir et marcher vers sa voiture, alors j'ai bondi hors de la cuisine et j'ai fait mine de sortir au même moment.

— Tu vas à Chilleurs ? Tu me poses ?

Il a souri.

— Je te dépose mais je vais plus loin. Je vais rendre visite à ma sœur.

— Loin ?

— Fontainebleau.

Les lettres de sa grand-mère venaient de là-bas. S'il allait rendre visite à Bernadette, pourquoi ne pas le dire ? J'avais déjà entendu parler de gens pathologiquement menteurs, des gens qui ne mentent pas dans le but de cacher un secret ou d'obtenir quelque chose, mais juste comme ça, parce qu'ils n'arrivent pas à faire autrement ou que la vie leur semble moins terne.

— Tu restes quelques jours ?

— Un ou deux.

— Ne t'inquiète pas, j'ai dit, je jetterai un œil sur ta maison et s'il y a des rôdeurs, je sors le fusil.

Il a souri :

— J'ai rien à voler. Mais merci quand même.

Un moment, j'ai espéré qu'il me donnerait une clé pour que j'arrose les plantes ou que je ramasse son courrier mais il n'avait pas de plantes et presque jamais de courrier. Il ne l'a pas fait. Tant pis : la voie était libre pendant au moins une journée.

J'ai dit à Julien que, pour Chilleurs, j'avais changé d'idée, que j'irais plus tard et il est parti. J'ai attendu en réfléchissant au meilleur moyen d'entrer. J'ai enjambé son portail et j'ai fait le tour de sa maison. La porte était fermée, bien sûr, les fenêtres du rez-de-chaussée également. Je pouvais facilement donner un coup dans la porte du garage et faire sauter la serrure. Mais j'ai trouvé plus simple. Une fenêtre en haut, toute petite, probablement celle de la salle de bains, était restée entrouverte. Je suis allé chercher mon échelle télescopique et je l'ai adossée au toit. Mon cœur battait mais pas tant que ça, si on considérait l'aspect inédit pour moi d'entrer chez quelqu'un par effraction. Ma relative assurance venait de l'entourage immédiat : le Parisien était en terrain conquis, on le ceinturait de toutes parts et, au pire, si Patrick ou Didier me surprenaient, j'aurais balancé la vérité, que je faisais tout ça pour nous protéger, et ils n'auraient rien trouvé à redire, sinon me féliciter de prendre les devants. J'aurais même pu me payer le luxe, si toutes les fenêtres avaient été fermées, de casser un carreau du haut. Julien se serait étonné mais il aurait pu penser à un coup de vent, qui aurait arraché une branche – j'aurais laissé des indices. Et ce n'était pas le genre de garçon à s'interroger sur le sens du vent. Bref, je me suis penché et j'ai fait intrusion dans sa salle de bains, comme je l'imaginais.

C'était un lieu assez propre mais sans âme. J'ai ouvert son déodorant et je l'ai senti. Son eau de toilette. J'ai reconnu son odeur. Il y avait aussi du gel pour les cheveux. J'ai compris que l'effet désordonné de ses boucles ne devait rien au hasard.

Mon cœur cognait en pénétrant dans sa chambre. Je n'ai pas pu regarder sans émotion son lit défait. Sur sa table de nuit, il y avait des livres. J'ai pensé que sa grand-mère avait été injuste. Il lisait ou du moins il comptait le faire. Il y avait un gros bouquin sur la magie, je l'ai feuilleté. C'était un truc très sérieux sur les sorcières, la naissance de la magie noire et sur les alchimistes, ceux qui changent le plomb en or. Il y avait un livre mince sur les êtres élémentaires et un autre, plus épais, *Théosophie (étude sur la connaissance suprasensible et la destinée humaine)* de Rudolf Steiner. Je les ai parcourus, puis refermés. Je n'y comprenais rien à des choses vagues comme l'occultisme, l'âme du vent ou l'esprit du feu.

Dans un petit porte-monnaie oriental, j'ai trouvé des dizaines de préservatifs. Je me suis senti curieusement mécontent. Avec qui pouvait-il bien les utiliser, par ici ?

Sur un bureau sommaire, il avait jeté en désordre

des lettres, toujours de sa grand-mère, et des papiers administratifs, commerciaux ou bancaires. Une mine d'or.

L'administration fiscale lui envoyait des rappels avec majoration. Sa banque lui envoyait des relevés aux soldes négatifs. Je les ai examinés. Peu de restaurants, quelques achats de DVD ou de livres, un abonnement à Netflix, mais ce qui attirait l'attention, c'était la quantité d'argent qu'il tirait en liquide. Les soldes étaient débiteurs de – 750, – 700. Jamais plus, grâce aux virements de 1 600 euros qu'effectuait sa grand-mère à chaque début de mois, le deux ou le trois.

J'ai lu toutes les lettres de Bernadette Langlois. J'ai compris qu'il était fils unique, que ses parents étaient morts quand il avait sept ans. Ils avaient percuté un pylône. Je me suis dit que si mes vieux avaient disparu dans un accident de voiture, je n'aurais pas acheté d'Alfa Romeo et je ne roulerais pas si vite sur les routes de campagne, sauf à vouloir provoquer le destin. Il avait été recueilli par sa grand-mère, auteure de livres mystiques, qui l'avait élevé tant bien que mal du côté de Senlis. Pas très scolaire, il avait vite décroché et était monté à Paris où il avait enchaîné les petits boulots, de disquaire à déménageur. La drogue était arrivée tôt dans sa vie. Apparemment, Bernadette avait espéré qu'il réussirait à décrocher mais elle avait abandonné ses illusions.

Elle croyait à la réincarnation, et que nos vies répondent à des manques ou à des besoins de nos vies antérieures. Ils étaient tous les deux persuadés qu'il avait vécu au Japon, à une époque lointaine, où il se serait suicidé. Elle l'aimait.

J'ai reposé les lettres. J'ai fouillé sous son matelas et je n'ai rien trouvé. Je suis descendu dans le salon. Je me suis assis sur son canapé et j'ai essayé de voir le monde à travers ses yeux. Je n'ai vu que son cendrier débordant de cigarettes roulées. Je me suis relevé.

Il n'avait pas décoré. Tout, chez lui, sentait le provisoire. Il partirait, il ne comptait pas prendre racine. C'était évident. Je croyais même reconnaître le tapis usé et le canapé gris du précédent proprio, mon ancien voisin. Julien avait dû tout prendre en l'état sans y mettre sa patte.

Dans la cuisine, il y avait des pâtes et de la sauce tomate. Je me suis demandé ce qu'il mangeait le matin. Le frigo était presque vide. Il contenait un demi-citron, un yaourt nature entamé et un sachet en plastique. Je l'ai remarqué parce qu'il n'avait rien à faire là et que le contenu du frigo était si désespérant. Je l'ai pris et ouvert avec précaution, Julien l'avait fermé assez hermétiquement. J'ai reconnu la poudre. Il y en avait pas mal, pour ce que je pouvais en juger. J'ai failli la sentir pour m'assurer que c'était bien de la cocaïne mais je ne l'ai pas fait, on ne pouvait pas savoir avec quoi ils coupaient leur saloperie, et puis il n'y avait pas besoin de vérification pour comprendre. J'ai reposé le sachet au fond du frigo et refermé la porte.

J'avais tout vu, tout ce qu'il y avait à voir. Je me suis senti triste qu'une vie d'homme se résume à ça : quelques livres de croyances bizarres, des aliments, un déodorant et du savon. Un sachet de cocaïne et des lettres de la grand-mère.

Je me suis demandé ce que Julien aurait pensé de moi, si les rôles avaient été inversés. J'avais entassé bien plus de fouillis, au fil des ans. Julien n'aurait pas trouvé, à l'époque, de livres, ni de marques de croyances, ésotériques ou non. Mais il aurait vu la présence d'une famille, des photos, les témoignages disséminés du passage de Lucas, de Maud, et même de mes amis. Lui avait l'intérieur d'un homme terriblement seul. Mon goût pour la chasse se serait reflété partout. Et j'ai été frappé de l'absence de passion dont témoignait sa maison. Comme si toute vérité devait aboutir, à la fin, au petit sachet de cocaïne au fond du réfrigérateur.

Je suis parti en couvrant mes traces, j'ai replié l'échelle télescopique et je suis rentré.

On était lundi et le soleil déclinait derrière les arbres de la forêt, au fond du champ, je me souviens de la date car j'entends encore Lucas me dire « La rentrée, c'est le quatre », et moi me disant « Déjà ! », mais lui ne répondant rien, et pensant qu'il faut nous dépêcher de profiter de ces moments passés ensemble avant la fin des vacances.

Mais l'ouverture de la chasse aurait lieu le vingt-quatre, si bien que ma tristesse se mêlait d'impatience : avant tout, je scrutais le ciel, espérant que le beau temps, très fragile cette année-là, tiendrait jusqu'aux derniers jours de septembre, pour que mon fils voie avec moi le soleil d'automne, les feuilles rouges et jaunes, la terre aux branches mortes et craquantes.

Pour entraîner Akira, on a décidé de l'emmener en repérage au lac, pour qu'il connaisse les lieux et qu'il ne soit pas perdu quand on le lâcherait derrière le gibier, au bord des marécages. On a marché, en penchant la tête sous les branches, relevant les jambes pour éviter les orties, jusqu'à l'eau, et là on s'est tapis tous les deux dans l'herbe, comme j'en avais rêvé chaque fois que je venais là.

Allongés, silencieux, on a regardé les libellules, aux aguets dès qu'une branche craquait, ou les ailes d'un canard claquant contre la surface.

Puis, toujours chuchotant, j'ai expliqué à Lucas la marche à suivre au cas où il devrait entrer dans l'eau et qu'il se sente enlevé, parce que l'eau entrait dans ses bottes et qu'il marchait dans un endroit au sol mouvant.

« Il faudra, je lui ai soufflé, te jeter en arrière, sur le dos, surtout ne pas rester debout, c'est là qu'on s'enfonce, il faudra comme ça ramper jusqu'à la surface. De toute façon, tu ne chasseras pas tout seul dans un premier temps. Je te repêcherai, s'il arrive quelque chose. » Il ne répondait pas et dans le silence j'ai dit « Tu promets que tu n'iras pas seul ? » et il a dit « C'est promis », alors je lui ai expliqué comment j'avais vu mourir une chienne de mon père, Mareva, dans un étang gelé qui s'était ouvert sous ses pattes.

La bête était montée sur la surface de glace, qui avait cédé sous son poids, et elle s'était mise à hurler à la mort, levant les pattes vers nous, tentant de s'agripper à la surface mais glissant, et j'avais voulu courir vers elle, qui nous appelait au secours, mais mon père m'avait retenu par le bras, d'un mouvement sec et violent, disant froidement « Tu ne peux rien faire. Ce n'est plus la peine », mais quand j'avais relevé les yeux, j'avais vu qu'il pleurait, sans pouvoir détacher son regard de sa chienne hurlante. On l'avait regardée jusqu'à ce qu'elle disparaisse sous l'eau, les bulles crevant à la surface, puis plus rien, on était encore restés quelques instants avant de bouger.

— Il pleurait ? m'a demandé Lucas.

— Oui.

— Pourquoi il était triste à ce point ?

— Sa chienne, c'était sa compagne – il devait la protéger. Je ne peux pas t'expliquer. Tu comprendras.

— Pleurer, quand même…

— Juste une larme d'adieu.

Soudain, alors qu'on chuchotait tous les deux, un peu attristés par l'histoire de la chienne qui m'avait rappelé des souvenirs pénibles, un buisson a bougé de l'autre côté du lac, en face de nous, j'ai fait signe à Lucas de baisser la tête et de se taire.

Julien s'est approché de l'eau. Derrière lui, il y avait quelqu'un. Une femme. Maud.

De loin, elle m'a paru assez belle, plus que d'habitude, avec ses cheveux dans le soleil et son sourire de gamine – des sourires comme celui-là, ça faisait longtemps qu'elle ne m'en adressait plus.

Lucas et moi, on a attendu sans bouger pendant

une dizaine de minutes, peut-être plus, en tout cas, ça paraissait long, j'étais anxieux, mon ventre noué, pourtant je ne me lassais pas de les contempler : lui, ses boucles noires et son corps tanguant, parce qu'il n'arrêtait pas de basculer d'un pied sur l'autre, les cheveux roux de Maud, presque blonds dans le soleil de fin du jour de la fin d'été.

Ce que je ressentais, c'est difficile de l'exprimer parce que ça ne relevait pas de mots simples, comme «j'ai faim», ou «j'ai froid», ou d'autres choses du même genre : avec le recul, je crois que j'avais peur qu'il se passe quelque chose, mais pas pour moi – ça, vraiment, je ne me l'explique pas, mais je préfère être franc : peut-être qu'un type plus intelligent, plus cultivé que moi comprendra bien le problème –, j'avais peur que Lucas voie sa mère avec un autre, qu'il perde les valeurs et les repères que je cherchais à lui donner, mais moi, moi son mari, celui qui aurait dû sortir et épauler le fusil, je ne sais pas, je restais extérieur, je les regardais comme on regarde une image, un tableau, comme on regarde des héros de film – ils n'avaient rien à voir avec ma vie. Ou bien, je n'y croyais pas. Maud, je lui faisais confiance et je ne pensais pas qu'elle irait se faire basculer près du lac, au crépuscule, à quelques mètres de chez nous – et ce soir-là, elle ne l'a pas fait.

On les regardait pendant qu'ils souriaient – je croyais distinguer les taches de rousseur de Maud, ses dents blanches comme du lait, ses yeux – un instant j'ai été en proie à l'illusion : elle remontait sa jupe blanche, un morceau de cuisse est apparu, gonflé, à tel point que ma première pensée a été la honte, j'aurais voulu qu'elle ait maigri avant de se présenter à lui, je me suis même promis de mettre Maud au régime dès le soir.

Je me demandais ce qu'il pouvait lui dire pour la faire sourire avec une telle force.

Finalement je me rappelle en être venu à la conclusion qu'il lui lisait des poèmes, ou qu'il en inventait pour elle, je me rappelle m'être demandé comment on écrivait un poème, avec quelles rimes. Son petit poème sur la chasse et je sais plus quoi, les nuages ou la nuit, m'est revenu en mémoire. C'est ça qu'il devait lui raconter, des choses dans ce goût-là, dont on paie les femmes quand on veut les serrer et qu'on sait assembler de belles phrases.

Ils ont quitté les bords du lac, nous, Lucas et moi, on a presque couru jusqu'à la maison et, quand on est rentrés, elle est arrivée presque aussitôt.

Pendant le dîner, elle était assez gaie et elle ne m'a pas reproché, comme souvent ces derniers temps, d'abandonner les travaux de la maison, déjà qu'elle m'entretenait et tout et tout, là non, elle chantonnait en préparant un rôti de porc aux pommes de terre. À table, elle a dit « Alors, le chien, ça va ? », Lucas ne répondait pas, il ne la regardait même pas, tellement les garçons de son âge sont encore verts et intransigeants, alors j'ai répondu à sa place :

— Oui, Akira il commence à bien se débrouiller. Il n'a plus peur ni rien.

C'est là que Lucas n'a pas pu s'empêcher de jeter :

— Il n'a pas peur. On est allés au lac, pour lui faire faire un tour. On l'habitue à nos terrains.

Il ne la regardait pas, les yeux dans son assiette, si bien qu'elle ne pouvait pas se figurer si c'était du lard ou du cochon, mais moi, je voulais préserver la concorde, alors j'ai tempéré :

— Oui, j'ai fait, on y était à midi. On est restés une petite heure, tu vois. Après, on a rebroussé chemin. Vers treize heures.

J'en faisais trop mais je voyais que Maud recommençait à respirer, et ça m'incitait à en faire des tonnes – elle, elle nous regardait tour à tour, Lucas et moi. À un certain moment, elle a eu l'air de me croire. Après m'avoir sondé du regard, elle a dû se dire qu'un homme comme moi ne pouvait pas lui mentir pour un sujet comme ça. Elle a repris ses aises et peut-être pour se venger de la peur qu'il lui avait faite, elle a lancé à Lucas :

— Tu prends du ventre, toi. Fais attention : tu vas ressembler à ton père.

Il n'a pas bronché, et après cet épisode, ses rapports avec sa mère se sont tendus. Depuis toujours, c'était elle qui tenait les rênes, rapport à l'argent, elle qui l'enguirlandait pour ses devoirs, qui voulait l'emmener chez le coiffeur pour qu'il coupe sa « queue de rat ». Pourtant Maud ne criait jamais, ce n'était pas la mégère à bigoudis revancharde : elle gagnait l'argent, mais elle restait discrète.

Pour le gosse, l'épisode du lac a tout bouleversé.

SIX

Comment les choses en sont venues où elles en sont venues, je ne sais pas trop l'expliquer, je peux dire ce que j'ai vu, essayer de comprendre les mobiles de tout le monde – parce que tout le monde a trempé son nez dans ma soupe et ça fait des dégâts qu'on ne répare plus jamais –, me repasser le film de cette fin d'été : certains éléments se sont clarifiés, d'autres resteront obscurs pour toujours.

Que Maud et Julien se soient retrouvés l'un près de l'autre et riant près du lac, c'est encore le plus compréhensible : ma femme avait embelli depuis l'arrivée de Julien, grâce à moi d'abord, qui l'avais incitée à nous mettre au régime – j'avais un peu honte de notre corpulence de paysans –, et grâce à lui, à sa beauté, qui aurait rendu beau n'importe qui. Et elle, qu'elle se soit sentie attirée par cet homme-là, j'ai déjà dû expliquer ses motifs.

Je me rappelle la fois où il nous a emmenés faire un tour d'Alfa Romeo, tous les trois, Maud assise à l'arrière, moi devant, près de lui. On est montés dans le bolide rouge – ce jour-là, il ne faisait pas beau mais la carrosserie étincelait – et il a programmé son tableau de bord pour dire où il voulait aller. Il a inscrit la destination en tapant ses lettres sur un clavier intégré, puis l'écran s'est allumé et a figuré la voiture, les routes alentour, en dessinant une flèche qui suivait sur l'écran notre parcours. On a démarré et une voix de femme, claire et douce, a dit : « Dans trois cents mètres, tournez à droite. »

— Je l'ai appelée Ernestine, a dit Julien.

Il roulait à cent quatre-vingts kilomètres-heure, mais on ne sentait pas la piste, près de lui on se trouvait en sécurité. Cette demi-heure, où on a sillonné les routes de Chilleurs-aux-Bois dans son Alfa, guidée par la voix d'Ernestine, je comprends que Maud ne l'ait pas oubliée.

Je comprends qu'elle n'ait pas oublié non plus les bouquets de fleurs qu'il lui offrait à chaque dîner chez nous. Il remarquait toujours ses nouvelles coupes de cheveux ou ses nouveaux vêtements, choses que j'avais tendance, moi qui ne la regardais plus qu'un jour sur deux, à ne pas voir – sauf quand elle s'est mise à porter des bustiers en dentelle, que je ne pouvais pas ne pas remarquer. Après manger, il l'aidait à débarrasser les assiettes. Et d'autres choses encore.

Mais il ne m'oubliait pas pour autant. J'admirais ça, chez lui, de réussir à séduire ma femme tout en cherchant à faire de moi son ami. Il voulait tout, il le faisait bien. Et il était sincère dans sa désinvolture. Il n'était même que ça : un être entièrement, passionnément, dédié à la légèreté. De toute évidence, s'il avait dû se réincarner en animal, il aurait été une demoiselle. Corps gracile bleu et noir, en apesanteur au-dessus de l'eau.

Un jour, on est partis en promenade tous les deux. Je lui montrais les champs, les arbres, je nommais les fleurs pour lui comme je l'aurais fait pour un enfant. Il y avait son désir de plaire, qui ne le quittait jamais, mais je sais qu'il était animé d'une vraie curiosité. Ses yeux brillaient quand je désignais les plantes. Il voulait savoir quand elles fleurissaient et comment se transformaient leurs feuilles au fil des saisons. Je pouvais sentir un esprit vif, éveillé, malgré les trous que la cocaïne avait dû y faire. Il m'était arrivé de tirer sur un pétard dans une fête ou derrière une grange avec des copains. Mais je ne connaissais personne qui ait consommé autre chose que du hachisch. Des alcooliques, on en ramassait à la pelle par contre. Nos bars en débordaient. Il y avait les ouverts, ceux qui se pintaient à la vue de tous, et ceux qui avaient l'alcool plus honteux. Ma mère avait été de cette race. Elle sifflait des bouteilles en douce, dans l'intimité. Elle mentait à mon père quand il remarquait que les bouteilles se buvaient toutes seules. Elle disait qu'elle les avait renversées, qu'une copine un peu soiffarde était venue, qu'elle ne savait pas. Tout plutôt que d'avouer. Du coup, mon père les bouclait dans un coffre. On a tous nos alcooliques secrets. Mais la drogue dure, je n'y avais jamais été confronté. À part à la télévision. La première fois que j'ai vu Julien sniffer de la poudre, je savais ce qu'il faisait bien sûr. Mais j'avais pensé que l'air de la campagne le détournerait de ces trucs de citadin. Je m'étais trompé, il avait continué. Il sortait un sachet, il en avait toujours. Parfois, des gars s'arrêtaient à mobylette. Ils lui glissaient un petit sac dans la main, en échange de billets froissés. Je connaissais leur manège maintenant. J'avais compris. Et les billets, je savais d'où ils venaient : ils venaient de nos poches, quand il nous plumait au poker en planquant des as dans son jean. Du coup, j'avais passé des jours sur Internet à me renseigner. Les effets, les conséquences, le degré d'addiction, les sensations que ça lui procurait. Il semblait réagir différemment des autres, de ce qui était écrit : d'après mes sources, ça rendait arrogant, sûr de soi et bavard ; il semblait plutôt planer, sortir de lui-même. Ses yeux verts devenaient noirs. Il flottait. J'avais déjà remarqué qu'au poker, il lui arrivait de parler davantage. Je l'avais attribué à son désir de plaire aux copains – il aurait séduit un mur. Mais avec le recul, je pense qu'il prenait de la drogue avant de venir à nos soirées. Je pense aussi, aujourd'hui, qu'il venait pour l'argent, pour se payer ses doses. Mais je suis sûr qu'il m'aimait bien.

Je le sais de ce jour-là, où on s'est baladés tous les deux. Il m'a dit qu'il ne connaissait que deux fleurs : les pissenlits et les coquelicots. Autour de nous, c'était les champs de colza, de tournesols, de maïs. La région avait perdu ses vergers pour se spécialiser dans ces trois cultures. Je lui ai expliqué ça. Il a eu l'air intéressé. Il l'était parce qu'il regardait partout, comme s'il ne voulait pas en perdre une miette. Il désignait les arbres :

— Et lui, c'est un quoi ?

— C'est un hêtre.

— Et celui-ci ?

À n'en plus finir, comme si je créais un monde pour nous deux, en donnant des noms aux choses. Et c'était un peu vrai : j'aurais pu lui mentir, rebaptiser les arbres et les fleurs à ma guise, il n'y aurait vu que du feu.

On est passés devant chez les Loret, ceux qui ont un élevage de chevaux. Il m'a dit qu'il savait monter mais seulement à cru. Ça m'a fait marrer, je ne le croyais pas. Alors il a enlevé son tee-shirt et me l'a tendu, puis il a sauté la clôture et il est monté sur un cheval. Comme ça, sans selle, ni rênes, ni rien. Il agrippait juste le cheval à la crinière. Il lui a donné deux petits coups secs sur les flancs et ils ont galopé. Je retenais mon souffle, j'avais peur qu'il tombe. Il avait l'air si fragile comparé au bon cheval brun et musculeux qu'il avait enfourché. Sans compter que même sur la terre ferme, il paraissait toujours en équilibre instable. Il n'est pas tombé pourtant. Et le cheval, j'ai bien vu qu'il lui obéissait. Les animaux sentent la peur et Julien n'avait pas peur, ses mouvements étaient sûrs. Torse nu, on voyait les muscles de ses bras, de ses épaules, de son dos. Comme la première fois, près du lac, j'ai été frappé par l'étrangeté de son corps. Le contraste entre la robustesse de son torse et la maigreur de son ventre, de ses jambes, de son visage.

Il est descendu du cheval. Il m'a jeté un regard fier, à travers les boucles emmêlées de ses cheveux. Il a sauté la clôture pour me rejoindre. Et on a repris notre route à travers les champs. Une odeur puissante montait du sol, à cause de la chaleur suffocante de cette fin d'été. Une sorte de macération cosmique. Une puanteur enivrante qui vous faisait tourner la tête. Il n'y avait pas un souffle d'air. Mon tee-shirt me collait. Lui, rien. Pas une goutte de sueur. Il semblait fait d'une autre matière que ma glaise.

On s'est arrêtés devant son bois. Il m'a proposé d'y entrer, histoire de se mettre à l'ombre. On s'est promenés sous les feuilles qui jaunissaient déjà. L'automne avait pris ses quartiers en plein cœur de l'été. On est arrivés près du lac. Mon cœur s'est mis à battre très vite. Il m'a annoncé qu'il allait se baigner. Ça m'a coupé la voix et le souffle. Il a enlevé ses vêtements. Il n'a pas plongé, comme on le fait d'habitude pour ne pas trop se montrer. Il est entré dans l'eau tranquillement, un pas après l'autre. Aussi décidé que lorsqu'il était monté sur le cheval.

Du bord où je m'étais échoué, je voyais son dos, sa nuque. Il avait des fesses si maigres qu'on aurait dit celles d'un enfant ou d'un vieillard. J'ai hésité et j'ai fini par enlever mes vêtements à mon tour. Je me sentais lourd. Flétri. J'ai couru et je me suis jeté à l'eau. J'ai fait quelques mouvements de crawl. J'ai senti qu'il me suivait. On s'est mis à nager côte à côte. Chacun de nous voulait gagner. Même s'il n'y avait rien à gagner. J'ai mis tout ce que je pouvais pour ne pas me laisser distancer, même d'un demi-bras. J'ai réussi. Je lui ai même mis quelques centimètres. J'étais soulagé, va savoir pourquoi.

Et puis on s'est arrêtés, on a fait la planche. Il y avait le ciel, un soleil aveuglant, et l'eau si lourde, si dense et habitée qu'il n'y avait aucun effort à faire pour flotter. Des dizaines de demoiselles volaient au-dessus de mon visage. Leur corps noir et bleu. J'ai songé à ma mère qui disait que dans dix ans, il n'y en aurait plus. Elle avait tort. Tout avait changé de face mais il restait ça, pour quelques saisons encore, ces corps si fragiles posés juste au-dessus de l'eau, leur mouvement immobile.

Absorbé par les nouveautés de mon existence, l'arrivée du Parisien et l'éclosion de mon fils, je n'ai pas vu changer la face du monde autour de moi – et pourtant, il changeait. Ou peut-être que je m'en moquais, car je ne m'explique pas tout : comment j'ai pu ne rien apercevoir de leur manège, ne pas m'inquiéter que Maud rentre une heure plus tard à la maison, ne pas remarquer les nouveaux vêtements qu'elle portait – ou penser qu'elle les portait pour moi. Ou plutôt, comment j'ai pu le voir, tout voir, sans jamais rien sentir, atrophié de l'intérieur, spectateur d'un jeu bien connu, que j'aurais haï en temps ordinaire.

D'autres fois, je me dis que je l'ai en partie voulu et provoqué, si bien que je ne savais plus si j'étais un spectateur, lointain et distrait, de leur petit spectacle ou si je le mettais en scène.

Fatalement, Maud devait en arriver là, et l'aimer, lui, le Parisien, lui et sa voiture flambant neuve, sa conduite folle, trop rapide, ses freinages, les traces de terre sur les gravillons blancs, lui et son air de femme, ses yeux de feuille et d'herbe.

Tous ces éléments, je les ai bien regroupés dans

ma tête, j'en ai fait des listes, des colonnes, des équations, jusqu'à bien les absorber.

Ce que je ne comprends toujours pas, c'est leur réaction à eux – à eux tous.

DEUXIÈME PARTIE

L'OUVERTURE DE LA CHASSE

UN

Septembre arriverait dans quelques jours. Lucas rentrerait à l'école assez tôt, le trois ou le quatre – j'allais me retrouver seul à nouveau. Le mois d'août avait alterné la canicule et les pluies, on espérait un automne clément mais septembre a commencé par une froidure inédite. Plus tard, des crues recouvriraient des villages entiers – le déluge. Tout allait à vau-l'eau.

Ce qui, dans un premier temps, m'inquiétait le plus était le détraquement du climat, qui nuisait à la chasse et rendait souvent les comptages de printemps difficiles, et les spéculations aléatoires. Il avait trop plu l'hiver passé, des pluies torrentielles qui avaient creusé des ravines dans le sol : le bon côté de la chose, c'est que les pluies offraient aux oiseaux d'eau des lieux potentiels de reproduction ; le mauvais, c'est que, le printemps venu, elles entraînaient des pertes au niveau des premières nichées et qu'elles suscitaient des risques d'épidémie de botulisme, qui s'abattait lors des saisons suivant les grandes inondations.

Moi qui crois en Dieu depuis peu – avant, je n'y pensais pas : ni le temps ni l'occasion –, je comprends maintenant que le détraquement du climat, qui me semblait dû à la connerie des États, qui passent leur temps à bousiller la planète, était comme une Apocalypse, pour prévenir les hommes que la punition approchait.

Tu ne dois pas te rappeler les tempêtes qui ont précédé le passage à l'an 2000. Nous, on fêtait Noël quand elles se sont abattues. Le lendemain, le vent dans les branches avait réveillé Maud. Elle s'était levée, il était huit heures du matin et elle avait vu tomber la cheminée. Les arbres se pliaient sous la tempête. Elle était venue me réveiller au moment où l'un des arbres s'écrasait sur la vitre, provoquant un éboulis de tuiles mais sans casser le carreau. À ce moment-là, on logeait encore chez ma mère, après la mort de mon père. En catastrophe, on était allés la réveiller, elle dormait à l'étage, pour la faire descendre avant qu'un grand sapin ne renverse le toit et l'étage – par chance, alors que presque tous les arbres du terrain étaient tombés, celui-là était resté debout – chancelant, mais debout.

Craignant l'écroulement du sapin, on a couru dans le petit matin nous réfugier chez Patrick, qui avait la maison la plus solide. Didier et Corinne y étaient déjà, avec leur bébé – mais Steeve refusait de quitter sa maison.

— Il ne veut pas bouger, criait Corinne, il dit qu'il préfère rester là au cas où il se passerait quelque chose.

— Qu'est-ce qu'il peut faire ? Retenir le toit avec ses mains ?

— Je ne sais pas. Il ne veut rien entendre. Il sait plus que hurler.

— Quel con.

— Il hurle : « Les rats quittent le navire, mais le capitaine reste à bord. »

— Quel con alors !

— Droit comme un I au milieu des gravats.

Puis la copine de Patrick est descendue en pleurant parce qu'un bout du toit venait de s'effondrer sur le lit. Elle bégayait : « J'ai failli mourir ! C'est grâce à la chienne. Elle dormait en boule avec moi et elle a fait un bond hors du lit. J'ai voulu la rattraper. Le plafond s'est effondré à ce moment-là ! » – elle pleurait toutes les larmes de son corps, si bien que Patrick lui a balancé une gifle pour la calmer. Au début, ça l'a encore plus énervée, elle s'est mise à crier « Salaud ! Salaud ! Je manque crever et toi, tu m'en colles une ! », mais comme elle savait que Patrick n'aime pas les hurlements et qu'il ne manquerait pas de lui en allonger une autre jusqu'à ce qu'elle finisse par se taire, elle n'a plus fait que renifler et le calme est revenu, c'est-à-dire le silence entrecoupé du vacarme du vent, des arbres qui s'abattaient un à un dans les champs, des tuiles qui volaient – la fin du monde.

Tout à coup, dans le silence, ma mère a comme repris ses esprits : elle s'est rendu compte qu'elle n'avait pas eu le temps de mettre son gilet et elle a exigé que l'un de nous aille le lui chercher. On avait beau lui répéter qu'il fallait avoir un sacré coup dans la cafetière pour traverser les champs et la route balayés par la tempête, qu'on risquait de se ramasser un arbre ou une tuile, elle ne voulait rien entendre et répétait « Mon gilet ! Mon gilet ! », sans discontinuer.

J'ai essayé de la raisonner, ça n'a pas marché, alors j'ai fini par y aller.

— Tant que tu y es, m'a gueulé Corinne derrière la vitre, ramène-moi Steeve en même temps que le gilet !

C'était comme le dernier jour de l'humanité : le petit matin blanc, le ciel blanc, les arbres soufflés, qui s'abattaient dans un bruit sec contre l'herbe, le craquement lointain des branches dans le bois et les tuiles du toit de Didier qui continuaient à s'envoler.

J'ai pris ma respiration avant d'entrer dans la maison, regardant à travers la vitre le sapin qui tanguait. J'ai récupéré le gilet, puis, en courant vers la maison de Patrick, j'ai aperçu Steeve au milieu de son champ. Juste une silhouette dressée au milieu de l'herbe, des arbres couchés, si bien que j'ai dû écarquiller les yeux pour vérifier que c'était bien lui, debout, parfaitement seul, ses cheveux gris plaqués en arrière, sa robe de chambre bombée par le vent, immobile.

J'ai crié mais il n'entendait pas, tellement le vent soufflait fort, alors j'ai couru jusqu'à la lisière de son champ et, mes mains en écho, j'ai recommencé à hurler son nom. Là, il s'est retourné et m'a aperçu. Je devais avoir une drôle de dégaine, parce qu'il a éclaté de rire. Il m'a quand même accompagné. Il devait être épuisé, sinon il ne m'aurait jamais suivi comme ça, sans dire un mot, aussi résigné qu'un petit vieux.

Quelques heures après, la tempête soufflait toujours et un arbre écrasait la Mercedes de Patrick. Comme il n'y avait plus d'électricité, on est restés pressés les uns contre les autres sans parler, jusqu'à ce que ce soit le noir total. On a allumé un feu et tout le monde a dormi là, jusqu'au lendemain matin, où on est retournés voir nos propriétés, comme des généraux qui retournent sur le champ de bataille inspecter leurs troupes décimées.

Après ce moment-là, le climat n'a plus jamais été le même : on ne reconnaissait plus ni l'hiver ni l'été, les deux commençant à se mêler, puisqu'il pleuvait en juillet et en août, tandis que l'hiver s'éclairait de nombreux beaux jours et que, s'il pleuvait à verse les autres fois, il ne faisait plus jamais froid.

Les gens pensent qu'on parle de la météo pour meubler la conversation : on voit qu'ils ne sont pas chasseurs, ou pire, qu'ils n'aiment pas la nature. Est-ce qu'il reste des imbéciles qui ne savent pas que les pluies détruisent les portées, mais qu'elles permettent le développement des invertébrés, qui font la pâture des canards – que le temps fait naître ou mourir les animaux, réussir ou échouer une vendange, une moisson ? Et on parlerait de la météo pour combler les blancs de la conversation ! Il y a vraiment des gens qui ne méritent pas d'être de ce monde, beau et si fragile comme une demoiselle.

Je n'ai pas honte de dire que ma vie est faite de pluie et de vent, de chaleurs et de froidures, de tempêtes et d'inondations – en vue des mois d'hiver, il faut que j'aille couper du bois et que je puisse le faire sécher, je ne peux pas faire brûler sur mon terrain quand le vent se lève et risquerait de disséminer des brindilles enflammées dans mon champ, je ne peux pas planter des cerisiers en décembre.

Parce que le temps rythme mon existence, j'ai su que la tempête qui nous a frappés début septembre me portait un message, qu'elle m'annonçait que les choses avaient changé de face, que rien ne rentrerait plus dans l'ordre. On entrait dans un règne de catastrophes naturelles. Les experts étaient les premiers à le reconnaître. De là à imaginer que le gouffre venait de s'ouvrir sous nos pieds, il restait un pas que je n'ai pas franchi à l'époque. Si je pouvais revenir en arrière, je ne sais pas, je ne crois pas que je retomberais dans le panneau de l'Apocalypse.

Bref, je tournais mes yeux vers le ciel pour voir si nos journées de chasse seraient clémentes, mais le ciel de septembre était gris et pluvieux, le froid s'abattait assez rapidement sur nos campagnes, tandis que j'armais les fusils, en faisais jouer la gâchette et tirais dans le vide pour reprendre la main, tandis que je promenais Max et Akira en laisse pour les calmer car ils sentaient l'effervescence d'avant la chasse. Je parlais doucement à leur oreille pour les apaiser.

Septembre signifiait aussi le mariage imminent de Didier, à qui on préparait une surprise : une semaine avant la noce, prévue le quinze, on allait lui faire – à quarante-quatre ans, mais il n'est jamais trop tard – un enterrement de vie de garçon. La fête était déjà programmée : après les jeux traditionnels, on l'emmènerait faire sa première virée de la saison – à la tombée de la nuit, pour pas se faire trop remarquer –, chasser le lapin du crépuscule.

L'ouverture normale aurait lieu le vingt-quatre septembre, mais comme l'ouverture anticipée pour le gibier d'eau datait du quinze août et que dès le premier septembre, on pouvait chasser le sanglier, qui infestait les champs et les cultures, on ne s'inquiétait pas : les autorités ne feraient pas la différence entre un coup de fusil autorisé et un coup de fusil anticipé, et quand bien même elles l'auraient fait, Petiot nous aurait couverts.

Chasser le lapin du crépuscule est un moment magique. L'eau des lacs, les canards sauvages, la terre qui s'écrase tant elle est fraîche, l'odeur surtout, l'odeur des sous-bois, des feuilles les jours de pluie – quand il pleut, les parfums décuplent : les fleurs d'automne, l'herbe et les troncs ouverts des grands arbres. Les bruits, le craquement des branches, le froissement des feuilles, la bête qui te file entre les jambes, les claquements d'ailes.

Excuse-moi, Pierre, je ne parle que de chasse alors que tu n'es pas chasseur. Mon petit Pierre – si tu permets que je prenne des aises avec toi, que je ne connais pas bien, que j'ai vu à peine dix fois dans ma vie –, je me souviens de ta naissance : ma sœur n'arrivait pas à faire d'enfant, c'est de famille – ce qu'elle a pu peiner pour t'avoir… et puis elle t'a finalement eu, elle ne tenait plus de joie, crois-moi, ni ta grand-mère, et pourtant tu n'étais pas plus beau qu'un autre, mais alors choyé plus que tous.

Tu pleurais du matin au soir et ta mère finissait toujours par aller te chercher, par te prendre dans ses bras en te chuchotant des petites chansons. Avec Maud on avait beau dire « Laisse-le pleurer, il va se calmer tout seul », rien n'y faisait : elle te prenait dans ses bras et c'était parti pour la soirée. Après, quand tu as eu dix-huit ans, tu as voulu faire des études, monter à la capitale, la vie de bohème, et tu n'es plus revenu nous voir. Moi, au début, je ne te cache pas que je me disais « C'est terrible d'oublier sa terre et ses racines ».

Et puis je n'ai plus eu de nouvelles et maintenant, ça doit faire vingt ans qu'on ne s'est pas revus. Ta mère m'avait dit, à l'époque, que tu n'avais encore trouvé personne – alors je me suis dit, peut-être qu'il me comprendra, que je ne le dérangerai pas trop, enfin si tu n'as pas le temps pour lire mes souvenirs de vieux, je comprendrai : quand on est jeune, on ne se rend pas compte.

Tu sais, Pierre, maintenant que ta mère vient de mourir, je me retrouve complètement seul – elle était la dernière personne qui me reliait au monde. Si tu ne trouves pas le temps de lire mon journal, personne d'autre ne le fera. Je ne veux pas essayer de t'attendrir, comprends-moi, je ne me plains pas : j'ai eu ce que je méritais.

Quand les événements ont eu lieu, je n'ai pas pleuré. Je ne voulais pas. La douleur est venue tard, presque dix ans plus tard. Tu vas penser que je suis sans cœur, mais je ne peux pas l'expliquer, je ne peux pas me justifier – et c'est pour ça que certains m'ont accusé d'être imperméable aux sentiments.

Mais si je ne peux pas l'expliquer, ce n'est pas pour autant qu'il faut me condamner : je n'ai pas fait d'études supérieures, je n'arrive pas toujours à m'exprimer avec les mots qu'il faut, ou à trouver les bonnes impressions pour exprimer ce que je ressens. Ceux qui ne l'ont pas vécu ne peuvent pas comprendre ce que c'est, d'avoir des émotions en vrac, violentes, incontrôlables, et surtout, des sentiments qu'on ne peut pas dire – avec tous les mots que je mets les uns à la suite des autres pour t'expliquer, je sais que je n'en viendrai pas à bout.

Avec tous les mots du monde, jamais je ne pourrai dire ce que je voudrais dire. Déverser les douleurs, dévider les sentiments, faire comme les romanciers qui dévoilent des grands pans de la vie des gens, qui rendent clairs des événements confus, qui taillent à plein sécateur dans les buissons et les ronces du cerveau pour en faire des jardins domestiqués.

Mais ne pas pouvoir m'exprimer, que jamais les mots justes ne sortent de ma bouche, ça m'étouffe presque. Et là, devant le bureau que je me suis construit au deuxième étage de la propriété, j'essaie que ça sorte, comme on se met un doigt au fond de la gorge pour vomir, et ça ne vient toujours pas. C'est pour ça que je me cantonne aux faits, en glissant quand je peux un petit mot de mes pensées : pour l'instant, il n'y a que ça qui s'échappe.

Physiquement, tu ne nous ressembles pas beaucoup non plus, à Lucas, à ta mère et à moi : de ce que je me souviens de toi, et de la photo que ta mère m'a envoyée, on dirait que tu es blond, fin, avec des yeux clairs. Je me demande d'où tu tiens une tête pareille. Ce doit être la ville qui t'a transformé, qui a creusé des sillons sur ton visage, le vent de la ville qui t'a affiné, rendu si frêle et blond. Mon fils et moi, on était des petits de la campagne, des rejetons de la nature : un corps qui s'enfonce dans la terre, un corps que la moindre rafale ne remue pas, un corps de tronc d'arbre, mais avec les yeux pointés vers le ciel. Avec ces yeux de chasseurs de canards sauvages, toujours scrutant les cimes, des yeux foncés mais éclaircis par la clarté du ciel.

Je t'imagine au milieu des gaz d'échappement, seul, blanc comme un linge, tandis que les fumées des voitures montent du sol et t'enveloppent, je t'imagine malade, faible, creusé par la ville. Et soudain, je me surprends à rêver que tu lis mes confessions et que, touché au fond de ton cœur, tu décides de venir me rendre visite – pas forcément vivre ici, t'installer ici, mais venir au moins quelques jours – ça te requinquerait. Regarde-moi, je vivrai jusqu'à cent ans – pourtant ce n'est pas l'envie de vivre qui me tient –, malgré toutes les douleurs, malgré tout, je vivrai jusqu'à cent ans parce que cette terre, ce ciel, ils portent les germes de la vie, parce que j'ai marché des heures dans les campagnes, dans les prés, les champs de maïs, au milieu des tournesols, près des lacs aux nénuphars, et que tout cet air et toute cette verdure me sont rentrés dans les veines, m'ont nourri l'esprit et les membres, et tout vieux que je suis, je continue à arpenter les forêts.

Tu retrouverais la santé, toi que la ville va ronger, et moi, je retrouverais un fils.

J'ai beaucoup changé, tu sais, je ne suis plus

l'homme que tu as connu, dont tu te souviens à peine mais que tu dois imaginer : la tristesse, la solitude m'ont mis du plomb dans la tête, et dans l'aile. J'ai lu des livres puisqu'il ne me restait plus rien à faire ou à penser – je ne pensais pas, de toute façon, je n'ai plus pensé pendant dix ans – après, la douleur m'est tombée dessus.

Mon corps, qui était resté comme ankylosé, réfrigéré pendant dix ans, s'est mis à fondre brusquement.

J'ai lu des livres, des romans d'amour – dans les autres, j'avais trop peur que ça dérape, et comme j'étais toujours à la frontière de m'effondrer, je préférais ne pas prendre de risque. Parfois, mes romans d'amour finissaient mal, mais ça ne me rendait pas nerveux, parce que c'est un sujet qui ne me touche pas, ou alors de très loin : un homme et une femme qui s'aiment, ça reste deux adultes qui prennent leurs responsabilités. Et puis, souvent, ça m'énervait : je trouvais les types trop mous et les femmes trop garces. Ça m'énervait et c'était bien, parce que j'étais occupé à l'intérieur de ma tête.

Un jour, j'ai lu l'histoire d'un vieux qui se glisse dans la chambre des femmes pour leur lécher les doigts de pied. C'est le genre d'histoire qui me reste dans l'esprit avant de m'endormir, tellement ça m'échappe, cette vie, ces sentiments, tout un pan du monde qui me reste parfaitement imperméable, incompréhensible.

Une autre fois, c'était un adulte, en âge d'être père, qui tombait amoureux d'une fille de treize ou quatorze ans. Là, je n'ai pas supporté, je voulais trop lui passer la corde pour que mon esprit accepte de suivre son histoire – je le voyais ! Le gars de quarante ou cinquante ans, en sueur, sur le corps d'une petite fille – elle, je voulais la gifler. Je ne sais pas ce qui les pousse à faire ça, les filles de maintenant, si c'est la télé, les chaînes YouTube, les jeux vidéo, si ça les incite à se prostituer, les magazines. Une société qui transforme les gamines en petites putes à talons aiguille mérite d'être réduite en cendres.

Je me suis encore perdu dans le labyrinthe des mots que j'accumule pour essayer d'exprimer ma pensée – comme je n'y arrive pas, je m'énerve et je perds le fil. Moi qui tenais tellement à te dire que tu es le bienvenu chez moi, à la maison, que je ferai tout pour que tu ne t'ennuies pas trop, pour que tu te refasses une santé. Éclaircir tes poumons ou tes idées noires.

La chasse, tu sais, ce n'est pas ce que les gens de la ville racontent, c'est la nature tout entière qui se découvre à celui qui sait s'y perdre. Il n'y a pas de fatalité. Apprendre à tenir le fusil peut devenir la passion d'un citadin.

J'espère que tu saisis l'ampleur de ce que je te propose : les champs, les lacs, les tournesols, mon setter, si tu venais, je te donnerais tout.

DEUX

Après, les choses se sont précipitées.

On s'apprêtait à faire la fête. Didier c'était le prétexte, pas parce qu'on s'en fichait, loin de là, on se réjouissait pour lui, mais on ne se rendait pas trop compte de ce que ça signifiait à ses yeux, ce mariage. Je ne sais pas pourquoi : on avait beau savoir qu'il était dur à vendre, qu'on ne trouvait pas sous le pas d'un cheval une pareille aubaine, sa Christine était si banale qu'on n'arrivait pas vraiment à prendre la mesure de sa joie. Malgré tout, on lui préparait une belle fête. Comme le mariage était prévu pour le quinze, que le neuf on organisait une partie de chasse, on avait fixé son enterrement de vie de garçon au premier septembre. Plusieurs fois, on s'était réunis entre nous pour réfléchir aux animations, mais finalement, on s'était arrêtés au plus simple et au plus efficace : lui offrir une bonne cuite. La fête devait se dérouler chez nous, entre hommes, et ça tombait bien parce que Maud travaillait tard le samedi, parfois jusqu'à deux heures du matin. Donc, on serait tranquilles. Elle avait promis de nous laisser de quoi manger, elle partait vers onze heures et on ne la revoyait plus de toute la journée. Les autres femmes resteraient chez elles.

J'avais soulevé la question des invitations assez tôt, pour ne pas avoir de surprise.

— Parmi les gars de Chilleurs-aux-Bois, on invite qui ?

— Personne. Pourquoi tu veux les inviter ?

— Le principe, c'est d'enterrer sa vie de garçon avec tous ses amis.

— Ses amis, c'est nous.

— Non, je veux dire, en ratissant large. Les gars du bistrot, ceux du rugby, Michel de l'épicerie, Jean des pépinières, Christophe du chenil, tous les gars, quoi.

— Pourquoi tu veux qu'on les invite ?

— Pour la fête. C'est comme ça, normalement.

— T'es con. On ne va pas s'emmerder avec ça. On sera mieux entre nous.

— Et Julien Langlois ?

— Hein ?

— Oui, j'ai pensé… Didier l'aime bien.

— T'es dérangé ! m'a répondu Patrick. Je ne sais pas trop ce qu'il est, ton Julien, mais il ne me revient pas. Il n'est pas d'ici et il ne le sera jamais.

— Ouais, Patrick n'a pas tort, a ajouté Steeve. Il a perdu ses couilles à la naissance, à la ville, où on n'en a pas besoin.

J'ai eu beau insister, il n'y a pas eu moyen : ils ne voulaient pas entendre parler d'inviter Julien, et moi, j'étais maussade, comme si le simple fait qu'il ne soit pas là me gâchait tout le plaisir. Du coup, je ne m'en faisais plus une telle joie, j'avais peur de m'ennuyer, ou je ne sais pas. Avant, voir les copains le dimanche soir, c'était le summum de la semaine, ce que j'attendais tout le temps, mais l'arrivée de Julien avait changé les habitudes : pour que je ne m'ennuie pas, il fallait que je le voie, lui, son jeu de cartes, ses accroche-cœurs. Je m'étais habitué à ce luxe : tout le reste me semblait fade. C'était comme les jouets, quand mon Lucas était petit, le nouveau camion de pompiers qui lui faisait oublier tous les autres.

TROIS

Le premier septembre est arrivé. Nous – Patrick, Steeve et moi –, on s'était réunis à la maison dès dix heures du matin et on avait commencé à se verser du calva dans le petit noir du matin. Lucas était sorti voir un copain, mais Maud n'était pas encore partie travailler. Elle portait une robe en laine rose clair, qui lui collait à la peau. Du coup, j'aurais presque voulu que les copains arrivent plus tard pour me laisser un peu de temps avec elle. Elle allait et venait de la salle de bains à la pièce principale, nous servant le café, partant se recoiffer, reluquée par les deux autres, surtout Steeve, qui a poussé un soupir quand elle est repartie.

— Quoi ? j'ai fait pour me faire mousser parce que je savais bien ce qu'il allait dire.

— Rien…

— Vas-y, dis.

— Je me disais que si Corinne pouvait avoir un cul comme ça, je passerais sur le reste. L'alcool, tout ça. Ses fesses sont si moches qu'on dirait qu'elles sont sales.

— T'es dur ! Elle est sympa, Corinne.

— Approche voir, toi ! a fait Patrick à Maud.

Maud s'est approchée et quand elle a été devant nous, elle debout et nous assis, Patrick lui a fait : « Tourne-toi, Maud. On veut voir quelque chose. » « Quoi ? » elle a demandé. « Tourne-toi : on regarde comme t'es belle. » Maud s'est retournée, en disant : « D'accord, mais pas touche. » Ils l'ont bien regardée, pendant que moi, je les regardais eux, Patrick d'un œil blasé mais approbateur, Steeve plein de tristesse et de frustration.

Finalement, Patrick a fini par la pincer, mais elle s'est enfuie dans la salle de bains en murmurant entre ses dents. « Elle a changé, m'a dit Patrick d'un regard soupçonneux, qu'est-ce qui lui prend ? » Je n'ai pas répondu, parce que je n'étais plus très sûr.

Quand elle est revenue de la salle de bains, elle avait peint ses lèvres avec un rouge très foncé et elle avait mis un mascara qui jurait avec la pâleur de sa peau, criblée de taches de son. Elle m'a embrassé près des lèvres, Patrick et Steeve sur la joue, et elle est partie travailler. « Enfin seuls ! » a fait Patrick en ricanant. On s'est resservi un calva et on a monté le plan de la journée : d'abord, on enlevait Didier, qui n'était pas du tout au courant qu'on lui faisait sa fête aujourd'hui, on lui foutait une petite frousse, et après on le noyait sous des flots de champagne.

À midi, on est allés dans la chambre pour fouiller dans les tiroirs de Maud, à la recherche de bas, elle en avait trois paires, mêlés à ses culottes et à ses soutiens-gorge, que les deux autres ont un peu triturés et froissés avant de reprendre les choses sérieuses.

Donc, on a pris trois bas, qu'on s'est enfilés sur la tête, on a sorti trois carabines et on s'est glissés jusqu'au champ de Didier, qui ouvrait sur le mien. À pas de loup, on a marché jusqu'à la première fenêtre, celle de sa salle de bains, on a relevé la tête mais il n'y avait personne ; toujours penchés pour qu'on ne nous aperçoive pas, on a longé la maison en file indienne jusqu'à son salon. Là, Patrick s'est redressé un peu pour voir à l'intérieur sans se faire repérer.

Comme il restait bouche bée, oubliant presque de se cacher, on a cru qu'il venait de les surprendre pendant la chose. En se poussant du coude avec Steeve, on s'est relevés mais ce n'était pas ce qu'on croyait.

La maison de Didier était de plain-pied et, à cause de l'étroitesse des fenêtres et de leur orientation nord-est, le salon restait toujours plongé dans l'obscurité, lourdement meublé, Didier ayant récupéré les meubles de famille, un vaisselier d'une tonne, sur lequel il avait laissé en décoration, telles que sa mère les lui avait léguées, une dizaine d'assiettes – l'une représentant Jésus-Christ, une autre deux clochards, une autre un épi de blé et un bleuet –, quelques vases, toujours vides, et un tableau en os représentant la crucifixion. Au-dessus de sa cheminée, à droite du vaisselier, trônait une tête de Christ en bois, le visage penché, triste, couronné d'épines. Nous, on respectait ses croyances, mais dans un intérieur, ça ne faisait pas très gai.

Au sol s'étalait un grand tapis écru, cadeau de mariage de sa sœur, sur lequel était posée une table basse, devant le canapé noir. Sur la table, deux tasses, derniers vestiges des cadeaux de son précédent mariage – car Martine avait emporté toute l'argenterie, qu'elle avait apportée en dot au boucher de Chilleurs-aux-Bois, pour compenser ses années de route –, sur des soucoupes.

C'est là, au milieu de cette pénombre, qu'ils se découpaient.

Je ne sais pas bien comment le dire, je ne sais pas trop ce qu'ils faisaient, ce que ça voulait dire, mais voilà ce qu'on a vu : devant nous, au premier plan, c'était le dos de la télévision, puis la table basse, puis le canapé. Eux, Didier et Christine, étaient assis dans le canapé, la télé allumée, si l'on en croyait leurs yeux fixes, perdus. Ils paraissaient hypnotisés. Et surtout, ils souriaient, mais alors un sourire complètement éclatant, complètement imprévu, au milieu des vieilleries et de l'obscurité.

Ils regardaient tous les deux vers le poste, se tenant la main, et malgré la pénombre, on pouvait voir les caresses qu'ils se faisaient, les doigts de Christine glissant sur la paume de Didier, en parcourant les lignes, et soudain, j'ai compris qu'ils étaient concentrés sur leur caresse, et pas sur la télé ; leurs yeux vides, c'était ça, la pression de leurs mains, le contact de leurs peaux, absorbant toutes leurs pensées.

Il aurait fallu les voir : lui, petit, tassé dans le fond du canapé, presque imberbe sauf un long poil qui poussait sur un grain de beauté de son menton ; elle, son visage, ses seins mous, ses cheveux ternes. Ils n'étaient pas beaux, pourtant on restait fascinés devant le tableau qu'ils formaient. Cette joie muette, minuscule, qui les embrasait.

Puis Didier a pris les cheveux de Christine dans ses mains et, toujours comme s'il fixait la télévision avec attention, alors qu'en fait, il était plongé dans ses pensées, dans les cheveux de Christine, il s'est mis à les lisser, à les porter à ses lèvres et là, sans prévenir, elle s'est effondrée dans ses bras, mais alors tout entière, avec ses quatre-vingts kilos, elle lui donnait tout, le couvrant de baisers, de chuchotements.

On ne savait plus quoi faire, si on devait les laisser l'un à l'autre, respecter leur intimité, mais Patrick a soufflé : « Faut attaquer immédiatement ! Sinon, ils vont commencer à baiser ! » Il a donné le signal et on a cassé le carreau avec nos fusils. Tu aurais vu leur peur, c'était à la fois pathétique et drôle ! Christine s'est cachée derrière Didier en gémissant, pendant qu'il essayait de lui faire une barrière de son corps, alors qu'elle était deux fois plus large que lui. Tous les trois, on s'est répartis autour d'eux, on a pointé le canon de nos fusils contre leurs visages. À bout touchant.

Alors qu'on s'était entendus pour enlever Didier rapidement, Patrick s'est mis à hurler : « Toi, la grosse, à poil ! Tu vas passer un sale quart d'heure ! » Didier a eu un mouvement pour la protéger et, lui qui était si froussard, il a crié : « Touche pas à ma femme, salopard ! » Elle s'est mise à sangloter parce que Patrick enfonçait son fusil contre sa joue, l'obligeant à pencher la tête en arrière.

Mais soudain, alors qu'on se rapprochait d'elle,

encagoulés, méchants, Didier a eu un sursaut de tout le corps et il s'est mis à rire :

— C'est vous les gars, il s'esclaffait. Je ne vous avais pas reconnus ! La tête que ça vous fait, ces cagoules. C'est les bas de Maud, non ? Allez, vous pouvez arrêter, je vous ai repérés : Steeve, j'ai reconnu ton fusil.

Patrick a incendié Steeve du regard en ôtant sa cagoule, puis il a retrouvé sa belle humeur : il était bien content de sa plaisanterie. Christine sanglotait toujours, mais elle souriait derrière ses larmes. C'était une bonne gosse, elle ne voulait pas se fâcher contre les amis de son homme.

Patrick lui a caressé la joue : « Allez, ma fille, t'es des nôtres, maintenant ! »

Après avoir bu un verre avec eux, on a arraché Didier à sa belle pour l'emmener chez moi, là on a repris un petit verre avant d'ouvrir les festivités : les festivités, c'était d'arroser Didier avant de lui enfiler un déguisement avec lequel il devrait se promener dans la forêt et dans les champs, une sorte d'appeau à chasseurs.

On a donc commencé à boire, assis tous les quatre autour de la table, avec l'illusion d'être au milieu des champs.

Comme jeu, on avait ressorti de nos mémoires un de nos passe-temps d'ados : l'un de nous commençait une phrase par « Je n'ai jamais… », où il décrivait une action ou un événement qui ne lui était jamais arrivé, et tous ceux qui l'avaient déjà fait devaient finir leur verre.

Patrick a ouvert la session :

— Je ne me suis jamais fait tailler une pipe au boulot.

Ils ont tous bu, sauf moi, vu que je n'ai pas de boulot, et que, quand j'en avais un, la cadence était trop infernale et l'odeur trop immonde pour avoir envie d'une pipe.

— Je n'ai jamais baisé quelqu'un de ma famille.

— Une cousine, ça compte ?

— Germaine ?

— Oui.

— Alors, tu picoles.

On approchait de trois heures, l'après-midi du premier septembre, le temps restait maussade, les températures relativement fraîches et la fête battait son plein, soûls comme des barriques on hurlait en riant, même Didier, un peu timide au début, commençait à se laisser aller.

— Je n'ai jamais couché avec une maigre, lança-t-il.

— Moi, dit Patrick. Je n'ai jamais couché avec une moche.

Puis, une fois passés les sujets sur les femmes, on s'est aventurés en terrain plus glissant : « Moi, a dit Steeve, je n'ai jamais bandé pour un mec », et je ne sais pas ce qui m'a fait le plus drôle, du fait que je porte l'alcool à mes lèvres sans même y penser ou que Patrick se mette aussi à boire. Steeve était dans tous ses états :

— Quoi ? Pour un jules ? Toi aussi Patrick ? Putain, les gars, franchement…

— Racontez !

On avait tellement bu que nos confidences c'était

plus si grave et que, même si les gars faisaient semblant d'être choqués, ça restait entre nous, et qu'on était si matelassés par l'alcool que rien ne pouvait vraiment rentrer dans nos têtes.

— Moi, a fait Patrick, c'était à l'armée. Tu sais, ça n'en finissait pas, ces dix-huit mois. Dans les chambrées, on se voyait à poil tout le temps. Un jour, y a un gars qu'est arrivé, qui faisait tout jeunot. Il s'appelait Maurice. Moi, je le reluque dans la douche : de dos, on aurait dit une femme. La taille toute menue, les petites hanches gonflées. Alors, je me suis mis à bander. À ce moment-là, Maurice se retourne et je vois son engin. Mais alors, un engin ! Trente centimètres au repos. J'ai débandé aussi sec.

Pendant que les gars rigolent, je prépare ce que je vais dire : les vapeurs d'alcool m'embrouillent l'esprit, si bien que je ne sais plus si je peux leur avouer pour Julien, que je l'ai maté quand il allait se laver, ou si c'est honteux.

— Et toi, Philippe ? Raconte voir.

— Moi aussi, je m'entends dire. J'étais minot. Seize ans à peine. Un gars au sport.

— Où ?

— Pareil, dans les douches.

— C'est la même histoire alors ?

— Bah oui.

Ils sont un peu déçus, normal, pour une fois qu'on allait raconter une anecdote vraiment croustillante, puis ça passe, mais le jeu ne prend plus aussi bien, on s'ennuie un peu. Je donne le signal du départ :

— Voilà la suite des activités, Didier. On t'a

préparé un déguisement que tu dois porter tout le long du périple qu'on a tracé.

On a tendu un sac en plastique au futur marié, qui s'est mis à bouder parce qu'on lui avait préparé une tenue de femme, alors que ce sujet le rendait susceptible, à cause de son corps malingre. Mais lorsqu'il a passé la robe en skaï, qui lui arrivait sous le slip, les bas résille avec le porte-jarretelles, qui descendait plus bas que la robe, la perruque blonde, les faux cils, quand on l'a eu maquillé en rouge cerise sur les lèvres, avec un trait noir et épais sous l'œil, l'effet a été saisissant : il ressemblait comme deux gouttes d'eau à une femme.

Le jeu consistait à traverser les terrains connus pour la chasse, arrêter les chasseurs et leur dire en regardant leur fusil « Je voudrais tirer un coup », pendant que nous, on suivrait, cachés loin derrière.

Alors a commencé le second jeu de la journée, celui dont on se promettait la plus grande joie : le jeu de piste, tandis qu'apparaissait une éclaircie au ciel. J'ai sifflé Max et on s'est glissés dans les fourrés. Devant nous, à plusieurs mètres, Didier, claudiquant sur ses talons trop hauts, ressemblait à un épouvantail.

On a marché comme ça quelque temps, sans rencontrer personne, chevauchant les branches avec nos bottes en caoutchouc vert, évitant les ronces, jusqu'à ce que Didier finisse par croiser un chasseur. Le type était seul, on a vu Didier s'avancer vers lui, lui chuchoter quelque chose, et l'autre partir d'un grand éclat de rire, avant de regarder autour de lui, de nous apercevoir, dissimulés derrière un bosquet, et d'agiter la main. C'était Jean des pépinières. Il nous a reconnus et il a rigolé. « Je n'ai pas osé lui dire », a bafouillé Didier.

On a trinqué tous les cinq, il faisait presque beau, même si on ne voyait pas le ciel, à cause des bouleaux, on le devinait aux traînées de lumière qui coulaient des arbres – pourtant la terre restait humide.

Pendant une heure, peut-être deux, on est restés là, au milieu de la forêt, à marcher, on ne sentait plus le temps passer tellement soudain il faisait doux, et que les feuilles bruissaient au sommet des arbres et qu'on n'entendait plus aucun bruit. Même si on était en été, c'était l'heure calme des fins d'après-midi d'automne.

Lorsque le soir a commencé à tomber sérieusement, on a rebroussé chemin vers la propriété, avec le ciel qui est apparu tout entier dans le champ, un ciel assez clair, et nous tous les quatre maintenant, parce que Jean était parti, silencieux.

Il devait être dans les vingt et une heures. La dernière animation, c'était le passage obligé de l'enterrement de vie de garçon : après avoir bu des kilomètres de shots de vodka, Patrick avait recruté quatre poules de Montargis, mais de luxe !, pour finir la soirée.

On s'est retrouvés chez l'une d'entre elles, dans un appartement minuscule, où ça fleurait bon la femme. Par terre, il y avait une grosse moquette, sur laquelle on marchait pieds nus, sans bruit, une table basse avec un napperon et un vase, un canapé confortable – les filles n'étaient pas magnifiques, mais pas trop laides ; moi, je lorgnais une brune, avec une bouche très rouge, vêtue d'une minijupe minuscule, mais Patrick est allé s'asseoir près d'elle et j'ai perdu mes chances assez vite. J'ai alors abordé la deuxième moins moche et comme je suis bien bâti, elle m'a préféré à Steeve et Didier : elle devait avoir dans les trente-cinq ans, assez forte, avec une peau affreuse, criblée de trous d'aiguille, mais, assez sexy de corps. Quand j'ai ôté son corsage, deux seins se sont échappés, si lourds qu'ils semblaient vouloir crever son soutien-gorge en dentelle rouge.

Alors que j'avais presque grimpé sur elle, relevant sa minijupe au-dessus du nombril, Didier a dit, d'une voix que je ne lui connaissais pas, douce mais ferme :

— Non, je ne veux pas. J'ai une petite amie à qui je ne voudrais pas faire de peine.

Contrarié, Patrick s'est détourné de son travail, déjà très avancé :

— Quoi ? C'est justement parce que t'as une amie qu'on t'emmène t'amuser ! À quoi tu crois que ça sert, un enterrement de vie de garçon ?

— Je ne peux pas. Je ne veux pas lui faire ça, à ma Christine.

— Mais enfin, s'est énervé Patrick, tu ne lui as pas promis fidélité, quand même ?

— Je n'ai pas envie d'une autre.

— Mais t'as pas besoin d'avoir envie !

— Je l'aime.

Là, il y a eu un silence, les filles ne savaient plus où se mettre, la mienne retenant son souffle sans bouger sous moi. C'est comme si Didier avait dit une horreur lors d'un repas de famille. Un truc trop intime. Patrick a fini par hausser les épaules. Il a repris son activité, la fille s'est mise à râler sous lui.

Après, on est partis marcher dans Montargis. Tout à coup, Steeve s'est mis à gueuler :

— Mais c'est la voiture du Parigot !

Et on l'a vue, l'Alfa Romeo de Julien, garée en épi sur un emplacement de livraison.

Comme le ciel était resté clair, on continuait à voir la lune. La voiture étincelait dans l'ombre, son rouge devenu brun, et j'ai senti mon cœur battre. On s'approchait quand Didier nous a arrêtés :

— Allez, on y va, les gars. On le laisse. Il est occupé.

Sa précipitation était louche. Et nous, ça nous a donné encore plus envie d'y aller, d'autant qu'on voyait une ombre. Il devait être là, assis, à faire Dieu sait quoi, et moi, je voulais le voir depuis le matin.

Rien, à cet instant-là, n'aurait pu m'empêcher de m'approcher de la voiture.

— Allez, les gars. On rentre ! On rentre !

Didier chuchotait, mais sa voix tremblait d'inquiétude. Comme il a vu qu'on continuait d'avancer, il a mis ses bras en barrage devant nous et il disait sans s'arrêter à Patrick « On rentre ! Viens ! », mais nous, énervés, encore soûls, on ne pensait plus qu'à arriver à la voiture.

Tout à coup, on a vu l'autre, la silhouette qui s'agitait près de lui : une silhouette de femme, le couple découpé dans l'obscurité, en ombres chinoises, on l'a vu et je ne sais plus à quel moment, je ne sais plus à quelle proximité je me trouvais quand j'ai reconnu Maud.

J'ai reconnu sa robe de laine, je devinais la couleur chair, ses cheveux un peu crépus, et là, dans ses bras à lui, elle m'a semblé plus belle que jamais, irradiant dans l'Alfa – une rousse magnifique, avec ses taches de rousseur qui lui faisaient des étoiles sur les ailes du nez et dessinaient la Voie lactée sur ses seins.

En un même mouvement, on s'est tous figés, pétrifiés d'horreur. Personne ne parlait, on retenait notre souffle. On est restés là quelques minutes, sans bouger. Les regardant se découper derrière le pare-brise, faiblement éclairés par un réverbère. S'embrasser sur les lèvres. Moi, je voulais partir, qu'on les laisse là. Mais Patrick m'a retenu par la manche, chuchotant sans me regarder :

— Faut qu'on voie jusqu'au bout. Pour le moment, ce n'est rien. Faut qu'on voie jusqu'où ce fils de pute va aller.

Je lui ai jeté un coup d'œil, à la dérobée : il était blême, ou peut-être ce n'était que la nuit qui le faisait ressembler à un cierge. En tout cas tendu : un taureau prêt à charger. Et je ne comprenais même pas quelle dose de stupeur il fallait qu'il ait accumulée pour ne pas rentrer dans l'Alfa et tuer le Parisien d'un coup de fusil.

Heureusement, personne n'était armé. Les yeux écarquillés. Je savais, moi, ce qu'ils pensaient en cet instant. Ils pensaient ce n'est pas possible, là, sur notre territoire, chez nous, devant notre nez. Ils pensaient il ne va quand même pas nous infliger cet affront-là : décoiffer la femme d'un des nôtres ici, à Montargis.

Regardant toujours les deux ombres se mêler et s'écarter derrière le pare-brise, ses seins s'échapper de la robe de laine, ses mains à lui les caressant, elle se relevant et venant s'asseoir sur lui, son corps monter et descendre le long du sien, actionné par un fil invisible, tandis que Patrick, d'un ton que jamais je ne lui avais entendu, saisi d'un abattement indescriptible, chuchotait :

— Il l'a fait… c'est pas possible… Bon Dieu, c'est pas vrai qu'il a fait ça…

Et dans sa voix nulle haine, mais une sorte d'épuisement, comme si toute force l'avait quitté, et lorsque Maud s'est immobilisée, le visage renversé, la bouche ouverte – on pouvait deviner son cri, son abandon –, je m'attendais presque à entendre retentir des applaudissements, moi prêt à applaudir ce spectacle d'ombres, ces marionnettes actionnées par le fil de désir, suspendu au sommet de l'Alfa Romeo, cette représentation irréelle, derrière l'écran que formait le pare-brise, comme une carapace entre eux et nous, entre eux et la ville entière, et l'eau, et les champs.

On est partis avant qu'ils nous aperçoivent, en silence. Et toujours sans mot dire, chacun est rentré chez soi.

Le lendemain matin, Maud s'est levée une heure avant moi, et elle m'attendait quand je suis venu m'attabler, le café brûlant sur la table et des tartines beurrées.

Comme elle m'attend rarement, j'ai craint un instant qu'elle ait dressé cette table pour m'avouer sa faute, qu'elle cherche à me prendre en otage devant mes tartines et répande sur moi ses confessions, pleure peut-être, m'assure qu'elle regrettait. Je ne voulais rien de tout ça.

Elle aurait pu aussi m'annoncer qu'elle me quittait mais je ne sais pas pourquoi, cette hypothèse ne m'a pas un instant traversé l'esprit.

La veille, je m'étais brossé les dents, Maud n'était pas rentrée bien sûr, je m'étais déshabillé entièrement – je me souvenais d'avoir plié mon pantalon boueux sur la table, plié ma chemise et mes chaussettes – et aussitôt allongé, je m'étais plongé dans un sommeil si profond que je ne l'avais pas entendue se glisser dans le lit. Certains diront que la fureur ou la tristesse m'avaient épuisé, moi je sais bien que non. Ce n'était pas ça.

Encore une fois, je ne sais plus par quel bout attraper et démêler les fils de mon cerveau.

Ce que j'avais vu, je ne m'en fichais pas. Je ne vais pas dire un mensonge. Mais un autre mensonge serait de prétendre que je ressentais de la colère. Depuis, j'ai lu des livres sur la jalousie – dans l'un d'eux, après avoir découvert sa femme au lit avec un autre, un mari fixait une corde à une poutre et y suspendait sa femme comme un morceau de lard, et il la fouettait pendant qu'elle hurlait. Elle saignait sur le parquet. Lui, il disait qu'étant donné la nature de sa faute, elle ne méritait pas mieux que la pièce de viande accrochée au croc du boucher – je peux affirmer avec certitude que je n'étais pas de la race de ce mari-là, je n'étais pas jaloux. C'était autre chose.

Je me suis endormi, un sommeil sans rêve, au matin je me sentais en pleine forme, je me suis levé et j'ai mangé de grand appétit, un peu inquiet quand même que Maud veuille tout avouer. Pour éviter des épanchements, je n'ai rien demandé : qu'est-ce que t'as fait hier? À quelle heure t'as fini? Les clients étaient comment? Rien de tout ça. Après, quand j'ai vu qu'elle ne comptait rien raconter, j'ai respiré un peu.

En me concentrant sur moi, ce que je n'ai pas fait à l'époque – alors peut-être qu'il est trop tard maintenant, peut-être que je ne pourrai plus jamais comprendre ce qui me passait par la tête, et que c'est tant pis –, je peux dire que je n'étais pas triste, pas content non plus, pas en colère. Je trouvais Maud plus attirante, mais pas non plus à la basculer là, sur la table du petit déjeuner. C'est peut-être vrai qu'elle était plus belle, c'est peut-être objectif : baiser, il paraît que c'est bon pour la peau. Et elle, ce matin-là, on aurait dit qu'elle étincelait.

Le problème, c'est que je pensais à lui, pas à elle. Mais ça serait trop compliqué à décrire. On ne me comprendra pas. On va se mettre des choses en tête.

Une demi-heure plus tard, mon Lucas s'est levé, il est allé embrasser Maud sur une joue, avec une grande froideur – depuis la dernière fois, dans le bois, il lui en voulait, je le sentais, il ne lui parlait jamais, il partait dès qu'elle allait le trouver, il sortait de plus en plus souvent – est-ce que j'ai dit suffisamment à quel point il commençait à me ressembler ? Même Maud avait été frappée de la rapidité de sa transformation :

— Comme s'il devenait toi : avec ton visage, tes yeux. Je ne le reconnais plus. On dirait que ce n'est pas mon fils.

Ça, elle l'avait dit devant lui, il avait été comme plongé dans ses pensées et il m'avait pris à part, en chuchotant :

— C'est bien ma mère ?

— Qu'est-ce que tu crois ? Ça se serait vu.

— Elle non plus, c'est comme si c'était plus ma mère.

Il disait ça par dépit, parce qu'il n'avait pas encaissé l'épisode du buisson : il était trop jeune pour comprendre mais je pensais qu'il oublierait et qu'il passerait à autre chose, quand il verrait que je n'en tenais pas rigueur à Maud, pourtant jamais il n'a pu passer dessus, jamais.

Donc, mon Lucas s'est levé, d'assez mauvaise humeur, le nez dans son bol, silencieux, je savais qu'il n'attendait qu'une chose : le départ de Maud. Et moi aussi. Et elle le sentait, ses yeux passaient de lui à moi, avec une forme de rage – c'est elle, finalement, qui bouillait de colère contre nous. Elle a fini par partir. Presque en claquant la porte.

Lucas a dit :

— Bon débarras.

— Faut faire des efforts, Lucas. C'est quand même ta mère.

— Ma mère la pute.

— Dis pas ça. Faut garder le respect.

Mais il était trop jeune, il ne comprenait pas. Je le regardais appeler Akira, le caresser – c'était ses derniers jours de vacances.

Je le revois encore, attablé près de moi, son visage fermé. Trempant du pain beurré dans son chocolat chaud. À la surface, ça faisait des bulles de graisse, qui ne se mélangeaient pas avec le chocolat.

Autour de nous, c'était les champs, l'herbe verte, trop haute – je n'avais pas encore tondu –, la lisière de la forêt.

Lui, entre deux bouchées, il chantonnait : « ma mère la pute ma mère la pute ma mère la pute ma mère la pute », en tapotant la tête de son chiot. Pour l'apaiser, je lui ai dit :

— Samedi, c'est le grand jour. Je t'emmène chasser. On va passer une journée formidable.

QUATRE

Le samedi suivant, le neuf septembre, je suis allé réveiller Lucas à sept heures du matin, on a petit-déjeuné en vitesse et, à sept heures trente, on s'est retrouvés chez Patrick. Emmanuelle n'était pas levée mais elle avait préparé des casse-croûte la veille. Patrick a offert un coup, ce qui m'a paru bizarre, vu qu'on n'a pas l'habitude de boire avant la chasse, par mesure de sécurité, mais, à part lui, personne n'a rien pris. Il ne faisait pas une chaleur folle, aussi on avait enfilé, Lucas et moi, de bons vêtements, des bottes assez hautes, en caoutchouc, on avait pris deux paires de jumelles – j'avais offert des jumelles Field à Lucas deux jours plus tôt – et nos fusils. Didier, dans la cuisine, exhibait sa nouvelle acquisition : un guidon lumineux.

— Ça ne sert à rien, a fait Steeve.

— Ouais, a repris Patrick, la mode pour la mode : c'est complètement con.

Et comme Didier perdait toute fierté de son guidon lumineux, je me suis intéressé et je lui ai dit que j'aimerais avoir le même.

Aussitôt sortis, l'air piquant du matin nous est rentré par les narines, je n'arrêtais pas de dire à Lucas « Respire, mon grand. De l'air comme ça, tu n'en sentiras pas tous les jours ». Il restait à mes côtés, d'autant plus silencieux et presque blotti contre mon épaule qu'il se sentait timide, inexpérimenté, face à nous. Moi, je le couvais de toute mon attention : « Ne tiens pas ton fusil comme ça, fais attention à ne pas marcher dans la flaque d'eau ! », etc., me sentant grand soudain, la tête en haut des cimes, respirant à pleins poumons, regardant de tous mes yeux autour de moi, agrandi par nos deux regards – car il fallait que je voie pour lui :

— Regarde, Lucas, les traces fraîches, c'est un sanglier. Les chasseurs de petit gibier, comme nous, on en lève régulièrement. Ils sont cachés dans les haies, les friches, le long des cours d'eau.

Je me penchais pour lui dessiner avec mon doigt les traces de leurs pattes, soulignant les traits pour lui apprendre à regarder.

— Des traces fraîches, tu vois.

En haut, nous tressant une couronne, les arbres se rejoignaient en bruissant : j'étais chez moi, dans mon domaine, avec mon fils, chargé de lui apprendre la nature, faune et flore, lui apprendre le plus beau des enseignements, le monde autour de nous, le vrai, celui qui craque sous les pieds, qui se couvre de feuilles, qui dévale les cours d'eau – pas celui qu'on a créé, plombé, étouffé sous des couches de béton et d'asphalte, la ville qui t'asphyxie les tripes, la ville qui beugle, brouhahas de klaxons, de moteurs de voiture, de gars qui gueulent sur les trottoirs, où plus personne ne respire parce que la vraie ville citadine est sous terre, dans le métro.

— Les sangliers, on commence à en avoir de trop. C'est des nuisibles. Les portées de marcassins se multiplient, à cause des glandées et des fainées de l'automne dernier, qui ont été excellentes.

Je lui disais des choses que j'avais lues, qu'on m'avait dites, pendant qu'il buvait mes paroles, le corps collé contre ma veste, me réchauffant de sa présence, de son attention.

On s'est approchés du lac, tous les cinq, pour attendre le canard : dans la région, il avait abondé cette année, et septembre était le mois charnière, entre migrations d'été et migrations d'automne, on attendait les derniers souchets, quelques sarcelles – car la sarcelle d'hiver, je disais à Lucas, passe en septembre.

On restait groupés, avec les chiens qui flairaient le sol, encore un peu excités de sentir que le grand jour était venu, alors nous, pour donner l'exemple, on ne se pressait pas, on restait calmes comme le jour gris.

On n'a pas tardé à en voir quelques-uns au-dessus de l'eau, avec leur vol lourd, leurs ailes lourdes, Steeve a épaulé, visé, puis il a rabaissé son fusil. On se sentait bien, on n'était pas pressés. J'ai attrapé Lucas par l'épaule :

— Ce qu'on risque, c'est une épidémie de botulisme. Ça arrive dans les saisons qui suivent les grandes inondations. À cause des détritus en décomposition.

Mon fils levait sur moi des yeux graves et calmes,

je me sentais grisé. Soudain, j'ai aperçu une bécassine des marais.

— La difficulté, c'est que les bécassines volent en zigzag.

Je me suis placé derrière mon fils, je lui ai fait épauler son fusil, regardant derrière son épaule pour l'aider à viser. Comme elle suivait cette trajectoire mouvante, il fallait la suivre avec les canons jusqu'à ce qu'elle fasse un écart latéral, ensuite on la rattrapait et on pressait la détente juste au moment où elle disparaissait à la vue, masquée par l'extrémité des tubes. Lucas a tiré – le coup a retenti dans la forêt silencieuse – trop tard. On a continué à avancer vers le lac, nos pieds touchant presque l'eau opaque.

J'ai vu Patrick épauler, viser plein guidon : il avait une perdrix dans la ligne de mire. Il l'a visée, l'a couverte, puis, dès qu'il a cessé de la voir, il a pressé sur la détente.

— La perdrix qu'on voit au moment du tir est perdue, j'ai expliqué à Lucas, celle qu'on « cache » rejoint la gibecière.

Je regardais mon fils, il semblait heureux, le monde formait un bouclier épais, vaste et profond autour de nous, une ceinture d'arbres, de feuilles, et même au-dessus du lac, on n'apercevait pas le ciel, tant les saules plongeaient de nos têtes jusqu'à l'eau leurs branches. Et moi qui ne flairais pas le danger.

J'aurais pu éviter les événements, peut-être, si j'avais voulu parler, mais je me sentais si parfaitement bien qu'un mot aurait brisé ma béatitude. Et l'heure de la mort avançait, tandis qu'on marchait en essayant de ne pas faire craquer les feuilles.

J'avais trois colverts et une sarcelle dans ma gibecière, à la fin de l'après-midi, Lucas un colvert, dont il était assez fier parce qu'il avait visé seul et qu'Akira avait retrouvé la trace du canard démonté.

On avait décidé, en fin de journée, de chasser le lapin du crépuscule. Pour les lièvres, on vivait une saison superbe, mais le jeannot fondait comme peau de chagrin. Malgré tout, on n'aurait manqué pour rien au monde le rendez-vous de l'ouverture.

Quand on est plusieurs à chasser le jeannot du crépuscule, il faut se placer en bordure de champ, l'un des hommes à la lisière et les autres à cinquante mètres. On a laissé Patrick marcher devant, parce qu'il disait qu'il s'ennuyait en meute, mais il a tenu à emmener mon fils, pour qu'il voie la traque aux premières loges, et bientôt on n'a plus aperçu d'eux que leurs silhouettes, qui disparaissaient au loin.

Ils descendaient une pente escarpée, pleine de buissons de genévriers, de ronciers, ils descendaient en déséquilibre, leurs fusils se découpant à la brune, jusqu'à ce qu'ils aperçoivent la queue blanche des lapins, comme une étincelle dans la nuit, alors qu'ils couraient entre deux buissons. Les jeannots sortaient vers dix-huit heures des buissons de genévriers pour vaquer à leurs activités nocturnes. À ce moment, il fallait aborder le terrain à contrevent, en avançant le plus lentement possible et en guettant les mouvements des buissons.

Nous, derrière, on voyait mal Lucas et Patrick,

qui avançaient trop vite, loin devant. Soudain, on a vu leurs deux ombres s'immobiliser et s'approcher d'une troisième. Un homme assis, recroquevillé. Lorsqu'il a aperçu Lucas et Patrick, il s'est relevé d'un bond.

Le coup a retenti aussitôt. La silhouette s'est affaissée, dans un souffle, puis Lucas a tiré une deuxième fois.

On a couru vers lui, mais il était comme fou, se débattant, tirant en l'air, tirant contre le corps encore chaud. Je savais, je l'avais compris aussitôt, que Julien venait de mourir.

J'aurais voulu crier mais j'étais ankylosé. Un bras a entouré mes épaules, tandis que je distinguais la voix de Lucas, au loin, qui hurlait « Bon débarras ». Il ne me comprenait pas, à ce moment-là. Puis j'ai cru l'entendre ajouter : « J'espère qu'elle en crèvera, la pute ! »

Mais je l'ai peut-être rêvé, entendant seulement bruire les arbres, le silence revenu de la nuit. Incapable de démêler mes voix intérieures des voix de l'enfer qui montaient de leurs bouches.

Aussitôt après, il s'est passé cette chose horrible. Dans l'obscurité, au milieu du frais bruissement des arbres, le cadavre de Julien s'est levé. Il titubait. Mais il s'est levé.

Marchant en tanguant vers le bois, où l'ombre s'épaississait. Personne ne bougeait. On regardait la silhouette du mort vaciller, laissant derrière elle un sillon régulier, qui dans la nuit semblait noir – l'écarlate, en ces heures qui estompaient les contours du monde, avait laissé place à un paysage d'une seule teinte. Puis, au bout d'un temps infini, qui m'a semblé infini – je pensais qu'il parviendrait à s'enfuir, à vraiment disparaître dans l'ombre des bois –, le cadavre est tombé.

Quand je suis arrivé près du groupe, Lucas criait des insultes vers le tas noir que formait Julien, cent ou deux cents mètres plus loin. Moi, j'ai écarté les corps qui barraient ma route, poussant violemment des bras, des membres qui s'agitaient, et j'ai suivi la piste au sang.

Arrivé à sa hauteur, je me suis penché. J'ai vu Julien allongé, bouche ouverte, en un cri silencieux. Ses cheveux noirs couverts de terre. Ses yeux écarquillés, plus clairs que d'habitude en cette nuit de noirceurs. Je l'ai saisi et j'ai voulu le presser contre moi, comme pour le réchauffer. Je l'ai secoué, je criais à mon tour, je ne sais plus quoi. J'ai secoué sa tête, giflé ses joues, mais ses joues restaient blanches.

— On aurait dû te laisser l'honneur, mon vieux, a dit Patrick derrière moi. Mais le petit. Tu comprends, il y tenait tellement.

Julien refroidissait sous mes doigts, entre mes bras. Je le serrais pour retenir le dernier rayon de chaleur qui fuyait de son corps, mais moi, j'étais si brûlant qu'il me semblait déjà glacial. Je voulais hurler, rien ne sortait de ma bouche. La colère montait en moi. Une colère immense, mais désordonnée. Quand j'ai vu sortir un filet de sang entre ses lèvres, ma colère s'est transformée en joie cruelle, en exaltation.

Je me suis mis à rire.

Patrick parlait toujours :

— Regardez comme il est heureux, le Philippe. Ça fait plaisir de le voir si heureux.

Avec mon doigt, j'ai barbouillé de sang le visage de Julien. Il gardait les yeux ouverts et leur pâleur m'attendrissait, alors j'ai fermé ses paupières. Je les ai scellées au sang.

CINQ

Avant de se retrouver chez Patrick, on a lavé le visage de Julien Langlois et on lui a placé un fusil entre les mains, que Patrick a sorti d'on ne sait pas où, puis on a disposé son cadavre pour faire croire à un accident de chasse. Je dis « on » pour ne pas les nommer : moi, j'étais hypnotisé ; eux, je ne parvenais pas à les dissocier.

Chez Patrick, ils m'ont tout expliqué : le plan datait d'une semaine – dès le dimanche, après qu'on avait surpris Maud et Julien, ils s'étaient réunis pour ourdir une riposte, ils voulaient frapper fort.

— C'est ce qui m'a décidé, répétait Patrick, de voir ta femme comme ça, basculée dans la voiture.

Le lendemain, Patrick avait déposé dans la boîte aux lettres de Julien Langlois un petit mot parfumé, qui lui donnait rendez-vous là où nous devions chasser et où Julien avait attendu, croyant que Maud viendrait le retrouver.

Mais il avait trouvé la mort et jamais plus je ne pourrais savoir s'il avait aimé ma femme et ce qu'il pensait, s'il était resté ce menteur dont parlait sa grand-mère, ni ce qu'il pensait de moi. Puis j'ai songé à Bernadette Langlois, en me demandant si elle ressentirait du soulagement ou de la tristesse, me demandant s'il l'avait revue, s'ils s'étaient réconciliés avant sa mort.

Après, je ne sais plus, j'ai arrêté de penser. D'opposer une résistance.

Son enterrement a eu lieu le mardi douze septembre, dans un village de Bretagne, là où il était né et où étaient enterrés ses ancêtres : on avait retrouvé son corps dans la forêt, mais les accidents de chasse étant nombreux, l'enquête durerait sans doute un certain temps, ou peut-être qu'il n'y aurait pas d'enquête du tout, vu que Petiot ne voulait pas trop qu'on fasse parler de nous. Moi, le soir, j'avais fini par rentrer à la maison, où Maud nous attendait, Lucas et moi – Lucas était taché de sang et il tenait ses doigts crispés sur le nouveau fusil que je lui avais acheté –, elle avait crié, Lucas avait dit entre ses dents :

— Il a crevé, le Parisien.

Et elle n'avait rien répondu, car elle connaissait la règle du jeu, sachant ce qui arrive aux amants des femmes d'ici, sachant qu'on ne pouvait rien contre cette loi, peut-être même pas triste, je ne sais pas : elle pleurait mais ça pouvait être la peur, après tout, moi, silencieux, tremblant, et le petit ensanglanté, son visage fermé, dur. Elle nous a regardés alternativement, avec la bouche ouverte comme pour crier, mais avec rien qui sortait, elle voulait nous dire quelque chose – peut-être son soulagement de ne pas avoir été tuée elle, peut-être qu'on la dégoûtait, va savoir –, de toute façon, jamais je n'aurais pu lui expliquer que moi, je ne voulais pas la mort de Julien, et jamais je n'aurais pu lui expliquer la douleur qui me clouait la bouche, à l'idée que mon propre fils avait tué cet homme-là, avec qui j'avais passé tant de jours heureux, à ses côtés ou l'admirant juste au bout de mes jumelles : elle n'aurait pas compris.

Les lois d'ici, il n'y a rien à faire contre : on plie, on part ou on crève. Même moi, qu'est-ce que je pouvais dire, maintenant qu'il était mort ? Alors j'ai plié comme Maud sous le joug du hameau, et ça a été tout.

Aux jumelles, j'avais regardé les croque-morts emporter son corps dans un corbillard. La voiture restait là. C'était tout.

Le jour où on l'a enterré, il y avait eu des crues incroyables dans la Somme, on regardait la télé pour voir les gens, de l'eau jusqu'aux cuisses, le bas des pantalons relevé comme pour aller à la pêche, certains prenaient des barques pour se déplacer dans les rues : on avait autre chose à penser, et sa mort a été emportée sous les pluies torrentielles.

Moi, ces crues, je me suis dit à l'époque qu'elles étaient arrivées comme un signe, un avertissement : après la tempête, les saisons détraquées, l'eau qui commençait à recouvrir les terres, à gagner les habitations – le déluge – la fin du monde. Le monde que les hommes avaient érigé et détruit disparaîtrait entièrement de la surface du globe, on les punirait de n'avoir pas pris soin de ce qu'on leur avait donné. La nature s'était faite docile, elle avait accepté de se rendre sans défense – et les hommes s'étaient moqués d'elle, ils l'avaient traînée dans la boue, déversant sur elle leurs déchets les plus terribles, la transformant en dépotoir, en décharge publique, éreintant son sol, empoisonnant ses fruits. La nature, il ne fallait ni l'aimer ni la mépriser : il fallait la craindre. Nous, chasseurs, on avait toujours su combien elle pouvait se retourner contre vous et vous mettre en pièces. La nature vous déchiquetait en un rien. J'en avais toujours eu conscience. Cette puissance irraisonnée. Les marins diraient la même chose. Eux aussi expliqueraient qu'il faut respecter la mer et la craindre, décrivant comment elle peut devenir terrifiante, vous engloutir en un rien, et combien toute lutte serait vaine, face à sa démesure. Les alpinistes et la montagne – les pics, les cimes, les éboulis. Aimer la nature, c'est toujours en avoir peur. Les hommes l'avaient méprisée et, après la tempête, elle nous envoyait le déluge.

Le cadavre de Julien, pour moi, s'est superposé à l'eau, aux litres d'eau qui se sont déversés durant des jours dans nos postes de télé, aux hommes qui se glissaient dans des barques et voguaient en silence le long des rues englouties.

Maud avait repris le travail, Lucas retournait au lycée, et moi, je me retrouvais seul à nouveau, mais cette fois, je n'attendais plus tout le jour leur retour. J'avais peur qu'elle rentre. Mon fils, je lui avais pardonné – je lui aurais pardonné d'avoir voulu me tuer, si l'occasion s'était présentée –, mais j'avais peur d'elle, ma femme – sur son visage, on ne lisait rien et ça me fichait la frousse, ne rien voir, comme ça, dans ses yeux, l'apercevoir parfois, le matin, s'habiller, se coiffer, comme d'habitude. Avec Lucas, on ne pouvait pas trop en parler : il était trop jeune. Les autres, c'était encore pire : ils se sentaient tellement fiers, ils étaient tellement soulagés pour moi.

~

Le temps alternait entre éclaircies et pluies, les températures assez basses pour la saison. Le mercredi, je m'étais enfin décidé à tondre. Ça m'avait bien pris trois heures. L'herbe était haute et drue. Certains coins du champ, j'avais dû m'y reprendre à plusieurs fois.

Les deux ou trois matins suivants, je suis retourné machinalement m'asseoir dans l'endroit aménagé pour observer Julien Langlois, les pieds posés sur une chaise, un verre à la main. Fixant la maison déserte. Noire. Les fenêtres aux vitres sales – je ne pouvais pas le voir, à cette distance, mais je le devinais.

Je me suis assis, les yeux dans le vide. Ça me soulageait de pouvoir penser à lui tout le jour, sans personne, sans le bourdonnement de la télé. Je ressassais les nouvelles, la guerre qui devait se déclarer contre un ennemi que personne ne connaissait – j'ai vraiment cru, cette semaine-là, qu'on sortirait tous de ce merdier parce que c'était la fin du monde.

La fin du monde : solution des désespérés, des consciences sales, la fin du monde ! qui ferait gicler avec elle la crasse et la grisaille, le ciel ouvert, vomissant du feu, effaçant la pluie qui tombait depuis des années, la fin du monde ! balayant tout sur son passage.

Finalement, je ne savais plus si ce qui me bouffait, ce n'était pas l'ennui. Un ennui énorme, insondable, de chaque seconde, qui s'était écrasé sur moi lorsque le corbillard avait emporté Julien Langlois.

Pourtant, dans la bataille, j'avais définitivement gagné mon fils, qui venait m'embrasser en rentrant le soir, s'asseyait devant moi, à table, et nous servait une bière, parlant des femmes, de Maud en particulier, qui avaient embrasé sa haine. Et puis, nous avions un souci de taille : Max commençait à devenir fou. Depuis l'arrivée d'Akira, qu'on avait dû trop gâter, il avait manifesté quelques bizarreries, aboyant pour rien, montrant les dents, et jeudi, il m'avait mordu. Moi, dans la débâcle générale, j'étais prêt à laisser pisser, mais Lucas craignait pour Akira. Il parlait de le faire piquer. Je suis resté ferme là-dessus, c'était hors de question, mais on en parlait beaucoup, avec une barre sur le front.

Le vendredi, j'avais un tel cafard que j'étais prêt à aller voir Josée, quand l'idée de ses larmes m'a arrêté : elle pleurerait et ça, ce jour-là, je le savais, je n'arriverais pas à la consoler.

Alors j'ai attendu devant la fenêtre jusqu'au retour de mon fils – comme le condamné qui accueille avec soulagement son bourreau.

SIX

Le samedi matin, Maud avait pris sa journée pour le mariage de Didier, on s'est levés à dix heures et on a commencé à se préparer. Il faisait presque beau. Maud et moi on partageait la salle de bains, dans un esprit qui ressemblait à une trêve. Elle s'est même mise à chantonner.

— Tu vas mettre quoi ? je lui ai dit.

— Ma robe verte.

— Ah, pas la noire ?

— Non.

On entendait l'eau couler au fond de la baignoire : Maud se douchait. Reflétées dans le miroir où je me rasais, ses cuisses pâles. Le désir m'est monté en un rien. Je retrouvais l'usage de mon corps. Je me suis approché d'elle, je l'ai prise par le bras pour la faire descendre de la baignoire. Je l'ai agrippée par le cou pour la plier. Puis j'ai vu qu'elle pleurait. C'était comme si le monde s'écroulait, pas à cause d'elle, pas vraiment. Juste que tout m'échappait. Semblait fuir entre mes doigts.

Je l'ai lâchée, elle a couru se coiffer et quelques

minutes plus tard, elle venait m'embrasser pour s'excuser. J'ai enfilé un costume gris, avec une chemise blanche et une cravate bleue. Maud portait sa robe verte, décolletée mais décente.

Bras dessus, bras dessous, suivis de Lucas, on a marché vers la mairie. Les autres nous attendaient, sur leur trente et un : Patrick avec une cravate rouge, assortie à un mouchoir qui sortait de sa poche, un cigare entre les lèvres, Emmanuelle à son bras, éclatante, ses cheveux couleur de paille, vêtue d'une robe longue un peu transparente ; Steeve et Corinne, éloignés de trois mètres. Elle avait troqué ses collants léopard pour un fuseau et des bottines. Elle disait :

— Christophe viendra peut-être. Il aimait bien Didier. Tu te souviens ? Il l'appelait Lady Di.

— Arrête avec ça ! Il avait huit ans !

— Peut-être qu'il l'a lu dans le journal. Y avait bien des bans, non ?

— Ta gueule, maintenant !

— Tu ne crois pas qu'il viendra ? Tu crois que ce n'est pas possible du tout ?

Tout le village était là : Petiot, les gars du foot, les gars du bar, même Josée, qui a souri quand elle a aperçu Christine. Je ne sais pas pourquoi elle souriait, mais c'était suffisamment rare pour être relevé. Didier et Christine présentaient un spectacle pas banal. Lui dans son costume trop grand et elle serrée dans sa robe blanche, perdue dans les dentelles, le tulle et les fleurs en tissu.

On ne voyait pas son visage, couvert d'un voile de première communiante, juste ses mains serrant son petit bouquet de fleurs. Elle ne pouvait pas marcher avec son père jusqu'au bureau du maire, parce qu'il était mort, alors Didier avait décidé de l'accompagner lui-même. Et ils cheminaient, tous les deux, sans se retourner vers personne.

Lorsqu'elle a relevé son voile, on a découvert son visage éclatant – son sourire. Ils se sont embrassés comme des enfants. À pleine bouche. Et quand Didier a dit « oui », il y a eu dans la salle comme un murmure, une rumeur qui a gonflé : les gens n'ont pas pu s'empêcher de sourire tellement il avait l'air heureux.

Ils s'embrassaient si fort. Je ne sais pas, il se passait quelque chose, je ne peux pas dire quoi. On sentait quelque chose. Ils s'aimaient de toutes leurs lèvres, de tous leurs yeux.

À la sortie de la mairie, elle s'est presque jetée dans ses bras, si bien qu'il a failli tomber à la renverse, il s'est retenu et lui a ouvert les bras. Je ne sais pas ce que tu aurais pu dire de plus, même toi, Pierre, d'un bonheur si radieux.

Le cocktail avait lieu dans le petit champ de Didier, qui avait dressé avec Christine des tables drapées de blanc et qui servait les invités, jusqu'à ce que l'alcool dissolve ces convenances et que chacun se serve soi-même, allant jusqu'à finir les bouteilles au goulot. Ils n'avaient pas lésiné, les deux : toutes les économies avaient dû y passer, tellement ça croulait sous les bouteilles, les petits toasts faits à la main, les fleurs en papier crépon accrochées en ribambelle dans le champ. Ils avaient fait des lampions, pour éclairer un bout du champ.

— Vous avez une sacrée veine qu'il ne pleuve pas, disait Petiot à Christine.

— Je sais. On a une chance incroyable.

— C'est vous qui les avez faites, les fleurs ?

— Oui. Comme je n'avais pas de trousseau, j'ai mis du cœur à l'ouvrage : je me suis fait deux robes, une jupe, et comme il restait du tissu, j'ai commencé à coudre des roses. Didier m'a aidée.

Et son sourire, quand quelqu'un les félicitait ! Ce visage lorsqu'elle disait merci ! Je ne sais pas, ça faisait chaud au cœur. Lucas avait trouvé une fille de son âge, une cousine éloignée de Christine, pour discuter : une petite brune aux dents blanches. De temps à autre, il m'adressait un clin d'œil pour me signifier qu'il la trouvait gentille.

À force de boire, le champ avait perdu sa couleur, je voyais des boules de lumière, dans la grande nuit moite.

Maud ne me faisait plus peur, ses joues s'étaient teintées de rouge.

Comme un cousin de Didier jouait de l'accordéon, on a entamé des chansons. « Le petit vin blanc », « Les copains d'abord », « La bohème »... Christine et Didier tournaient, à faire relever sa lourde robe de mariée, qui tachait le champ de clarté, puis Corinne s'est mise aussi à tourner avec son frère, le gros pépiniériste de Sens, Patrick avec Emmanuelle, et ça tournait de tous les côtés alors j'ai empoigné Maud et on s'est mis à danser, je voyais son visage rouge reprendre haleine, des gouttes de sueur lui couler du front, comme avant, sentant qu'elle relevait légèrement les bras pour laisser passer l'air sous ses aisselles.

On buvait à en perdre haleine. J'ai vu Christine enlacer Didier, l'embrasser avec la langue. Le bonheur leur tombait du ciel et ils semblaient ne plus savoir comment en recevoir autant.

Assez tôt dans la soirée, Patrick avait mis le grappin sur une fille du salon de coiffure de Corinne. Il avait un sourire que je connaissais, celui de quand il voulait montrer combien il était malin. Il lui a cueilli une fleur en tissu. Il a essayé de lui accrocher la fleur dans le décolleté, mais sa main a glissé : on a aperçu un sein à la lueur des lampions. Plusieurs gars chantaient de vieilles chansons. Les éclats de verres choqués les uns contre les autres, la nourriture qu'on avalait sans compter – toutes les économies des mariés partaient au fond de nos ventres.

La vue du sein m'a électrisé, j'ai approché ma main de la poitrine de Maud, qui, complètement soûle, a ri sans se débattre. Il n'y avait que Josée, assise loin du buffet, qui ne participait pas à l'hilarité, à l'ivresse générale. Elle cueillait des pâquerettes à la faible lueur des lampions. Saisi d'un élan de joie, j'ai quitté Maud et je me suis approché d'elle, elle a frissonné et ses yeux se sont embués comme si elle allait se remettre à pleurer. J'ai pris son bras et je lui ai fait un baisemain. Comme à une dame. J'ai arraché une rose dans le champ de Didier, pour la lui offrir.

Maud me regardait en ricanant.

— Quel monsieur tu fais !

— Tu es jalouse ?

— Non, je suis admirative de tes airs de grand prince. Fière. Tu es quand même mon mari.

Puis elle s'est rapprochée de moi et, pour la première fois, je l'ai trouvée un peu délurée, plus affriolante et sûre d'elle, elle a posé sa main entre mes jambes, l'accordéoniste jouait toujours, et plusieurs gars l'accompagnaient en chantant fort. J'apercevais, derrière les silhouettes pressées les unes contre les autres, le dos de la coiffeuse que Patrick caressait, Steeve et Corinne dansant ensemble pour la première fois, Lucas qui pelotait la minette, puis Didier et Christine, toujours collés l'un à l'autre comme deux naufragés. Christine a caché sa tête au creux de l'épaule de Didier, mais elle était trop grande, disproportionnée dans l'épaule frêle, pourtant souriant sans discontinuer.

Après, je sais plus trop comment ça s'est fait, je me suis retrouvé dans les bras d'Emmanuelle, elle se frottait contre ma cuisse, brûlante, regardant au-dessus de mon épaule, chuchotant :

— Il lui a glissé la main dans la culotte, le porc. Tu peux y aller, il ne nous regarde pas. Il n'en a rien à faire de nous.

Mais je ne voulais pas me mêler de leurs problèmes de couple. Je suis retourné vers Maud. J'ai glissé ma main entre ses seins, j'en ai pris un que j'ai sorti du corsage, dont j'ai léché le bout pendant qu'on tournait toujours au rythme de l'accordéon et des voix très basses des hommes, elle a fourré sa langue dans ma bouche, et je me souviens que je m'arrêtais de l'embrasser pour boire du rouge et manger – jamais je ne lâchais mon verre, même quand mon autre main se promenait.

À un moment, Patrick est venu me voir :

— Je veux plus d'Emmanuelle. Elle a fait son temps. Tu ne veux pas la faire partir ?

Mais j'ai préféré ne rien dire à Emmanuelle, pour ne pas lui faire de peine. J'avais faim, j'ai avalé avec les doigts des morceaux du cochon de lait qui grillait au-dessus du feu, j'ai bu cul sec deux verres de bordeaux et j'ai remangé jusqu'à m'en faire éclater la panse. Patrick ne s'arrêtait plus de rigoler, disant que la coiffeuse le chatouillait, disant aussi des obscénités, pendant que Didier et Christine disparaissaient dans leur amour.

J'ai repris du cochon de lait, avant de m'avancer devant mon fils, en bon train avec sa gosse aux dents blanches.

— Alors, mon Lucas, tu t'en sors ? j'ai fait.

— Au poil !

On s'est tapé dans la main. Je voyais sa tête d'oiseau, à la lueur des lampions, ses cheveux blonds, son corps qui se fortifiait, je voyais surtout les yeux pleins de confiance qu'il levait vers moi, son père, qu'il avait appris à connaître et s'était mis à aimer. Les larmes me montaient aux yeux, je me sentais le roi du monde.

À cet instant-là, je me suis même dit qu'il avait bien fait, qu'il m'avait sorti d'un sale pétrin en abattant Julien Langlois, que peut-être s'il l'avait fait, c'était plus pour me préserver que pour punir sa mère. Que les choses pourraient enfin rentrer dans l'ordre, maintenant que le sang avait coulé.

Et Maud s'est approchée de moi, avec son air dont j'ai parlé tout à l'heure, un air assez nouveau, elle m'a pris par la main, qu'elle guidait contre son ventre bouillant, chuchotant :

— On rentre, Philippe. Tu viens ?

J'étais ivre, j'ai refusé, disant qu'il nous restait encore toute la nuit, qu'on resterait jusqu'à l'aube, elle me rassurant :

— Bien sûr, on va juste faire un tour. Tu ne veux pas ?

— On revient après ?

— Aussitôt après.

— Dans ces cas-là, on peut lui emprunter son lit. Ça sera plus pratique.

— D'accord.

Montant en titubant vers la chambre de Didier, électrisé au contact du corps brûlant, jetant un regard en arrière, embrassant du regard toute la scène – Patrick et la coiffeuse, allongée dans l'herbe, Lucas souriant à la lueur des lampions, mon Lucas avec son amie, et Didier baisant les mains de Christine.

Puis je me retournais, Maud nue, et moi allongé, incapable de bouger, le bien-être affluant vers mon corps, de mes jambes vers ma tête, moi luttant pour rester éveillé, Maud au-dessus de mon visage, me berçant, ses yeux vides, sa main qui me caressait, sa caresse me berçant – descendant sur moi avec une lenteur folle, en contractant les parois de sa chatte avec une technique si nouvelle qu'elle a fait renaître un instant l'image de Julien Langlois – descendant si doucement que je n'ai pas pu me retenir – puis j'ai lutté, lutté, mais la paix était si profonde que je me suis endormi.

~

Au réveil, je me suis frotté les yeux, incapable de savoir où j'étais, une barre au front, nauséeux. Le petit matin blême.

J'ai relevé la tête avec peine, sur le point de vomir. Le lit était vide. Maud avait dû partir. J'ai marché péniblement jusqu'à la fenêtre. De là, je pouvais voir le spectacle déprimant des lambeaux de la fête : sur le feu éteint, les cendres noires, un cadavre à demi rongé de cochon calciné, des bouteilles vides, des couverts sales, qui jonchaient la pelouse, un couple se bécotant toujours, comme au ralenti, dans un coin, et puis, dans le salon, sur le canapé, des corps assoupis, une odeur âcre de vomi.

J'ai vu tout le monde, Emmanuelle allongée dans un coin, recroquevillée, seule – j'ai pensé qu'elle aussi faisait partie des restes qu'on jetterait au réveil –, Patrick et la coiffeuse, vautrés dans un coin, elle toujours les jambes dénudées, la jupe relevée, Corinne et Steeve, éloignés de quelques centimètres, elle s'étalant, ses cuisses si énormes qu'elle devait les tenir écartées, lui tout seul, en chien de fusil, et puis toujours Christine et Didier, presque éveillés, trouvant la force de remuer encore les doigts pour se caresser doucement.

Et puis j'ai aperçu la petite brune de Lucas, mais toute seule, sans lui.

Je ne sais pas, c'est mon fils, alors j'ai ressenti comme une peur. J'ai secoué la fille. Elle ne savait pas où il avait disparu. Elle ne pouvait rien me dire. La peur grimpait en moi.

J'ai couru à la maison. Quand j'ai ouvert la porte, j'ai flairé le danger aussitôt. On n'entendait rien. Le salon était vide, la salle télé aussi. Pris de panique, j'ai grimpé quatre à quatre les escaliers vers la chambre de Lucas.

Avant d'ouvrir, j'ai repris mon souffle. Je désirais tellement le trouver là, endormi dans son lit, bien bordé dans ses couvertures. Je l'aurais regardé jusqu'au réveil, sans bruit, peut-être que j'aurais caressé ses cheveux.

Quand j'ai ouvert la porte, il était dans son lit.

Sa petite tête d'oiseau avait gardé les yeux ouverts, et ses yeux étaient écarquillés de terreur. Il était laid, déformé par un cri muet.

Le sang avait séché en partie sur les draps.

Je ne saurais pas dire si j'ai compris aussitôt. Au fond, peut-être que je le savais.

Je n'explique pas autrement ma résignation. Tout mon corps qui s'est glacé en un instant. Maintenant, je me dis que j'aurais dû le regarder encore, son visage, ses mains, tout emporter avec moi, parce qu'à son enterrement, c'était trop tard : son corps a été enfermé dans un cercueil trop grand, il est descendu en terre et j'ai jeté de la poussière sur lui. Je ne comprenais pas que jamais je ne le reverrais. Je ne sais pas, je ne pensais plus vraiment : quelque chose en moi croyait que ce n'était pas fini.

Pourtant, c'était vraiment fini : de mon fils, je

n'ai plus que des photos. Ce qui me fait mal, c'est que Lucas n'a plus jamais grandi. Tu comprends ? Il est toujours resté cet adolescent, son beau visage et son corps pas complètement formé, il ne grandit pas dans ma tête. Alors moi qui m'éloigne dans la vieillesse, je me décolle de lui.

En regardant son cadavre, je me disais que je n'aurais pas de petits-enfants, pas de lignée. Ma descendance s'arrêtait là. Moi qui tiens tant aux liens du sang, le mien s'est déversé en une nuit, il s'est tari à jamais sur les draps blancs de Lucas.

~

Ensuite, je suis redescendu lentement au salon. Je ne craignais plus rien, je n'avais plus rien à perdre. Je savais qu'elle m'attendait. J'étais heureux de ne pas avoir crié, de ne pas lui avoir manifesté ma douleur.

Elle se tenait debout, dans une chemise de nuit bleue. Je me rappelle les minuscules éclaboussures de sang sur les manches. Au bout de ses bras, elle portait l'un de mes fusils, pointé sur moi. Mais je le savais, j'étais préparé.

D'abord, on ne s'est rien dit. Une voix ne s'arrêtait pas de rire au fond de moi, à l'idée de cette incompréhension si forte entre nous, à l'idée de cette erreur absolue, idiote : si Maud avait pu savoir que j'étais de son côté, que je ne voulais pas le tuer, le Parisien, le tricheur, je ne voulais certainement pas le tuer. On ne s'était pas compris. Elle avait cru que je lui avais arraché son amour et pour se venger, elle avait pris mon fils.

La méprise était d'autant plus stupide que Julien l'aurait abandonnée assez vite. Il se serait lassé. C'était un tricheur, un gars de la ville. Jamais il n'aurait pu l'aimer.

Après, j'ai dit avec une voix parfaitement calme – et je m'empêchais de rire, tellement la situation me semblait grotesque :

— Tu te rends compte que la dernière image de la vie qu'il a emportée, le petit, c'est sa mère pointant un fusil de chasse sur lui ?

— Il me haïssait. Il n'a même pas été surpris.

— Il a gardé les yeux ouverts ? Il t'a regardée jusqu'au bout ?

Puis j'ai prononcé des paroles d'apaisement, calmes et tranquilles, tendant vers Maud mes deux bras :

— Donne mon fusil, Maud. Tu ne sais pas t'en servir. Donne, ma douce.

Des mots comme ça. Elle s'était mise à trembler. Et, au bout d'un temps qui m'a semblé interminable, comme hypnotisée, hors d'elle, elle a fini par me tendre le fusil.

Aussitôt, je l'ai pris.

J'ai tiré à bout touchant. Deux coups dans son ventre.

Son corps a basculé, il est retombé sur les tommettes. Une tache de sang a gonflé sous son dos, sous sa tête. Comme une peinture éblouissante.

Dehors, le jour commençait à se lever, une lumière

chaude m'a enveloppé. Dans le silence parfait des champs, j'ai pris une bêche et j'ai creusé un trou.

Il n'y aurait pas d'autres funérailles que celles-ci, minuscules et bâclées.

J'ai jeté son corps dans le trou, que j'ai recouvert de terre. Avec mon pied.

Ensuite, je suis remonté dans la chambre et j'ai attendu.

ÉPILOGUE

Il ne s'est rien passé de plus. Personne n'est venu me chercher pour m'emmener en prison. Je ne me rappelle plus parce qu'après je ne sentais plus rien, je ne voyais plus, je n'entendais plus ce qu'on essayait de me dire, je ne remarquais plus quand on me passait une main sur l'épaule.

Patrick s'est occupé de tout. Il a ôté mes vêtements, il les a fait brûler dans sa cheminée.

Il m'a pris les mains et il les a lavées.

Il a ôté doucement mon fils de mes bras en me chuchotant des mots de consolation.

Il a déposé mon fils dans un cercueil immense, noir et laqué, un beau cercueil, et quelqu'un a planté une croix là où il a été enterré, une croix d'or, avec un Christ en fer.

J'ai suivi la procession, mais comme si ce n'était pas lui qui gisait à portée de main, entre les planches vernies et glissantes, je n'étais même pas en premier, je suivais les gens, comme ça, sans réfléchir. J'ai lancé de la terre dans le trou. Sur mon fils.

Si j'avais réalisé que son cadavre se trouvait là,

si j'avais pu reprendre mes esprits, je me serais jeté comme un forcené sur le cercueil pour en extraire Lucas. Le prendre une dernière fois dans mes bras.

Patrick a dit aux gendarmes que Maud avait tué Lucas et qu'elle s'était enfuie. Et comme ils ont trouvé ses empreintes sur le fusil, ils nous ont crus. Ils ont ouvert une enquête restée sans suite. Ils l'ont d'abord cherchée un peu, puis ils ont pensé qu'elle avait dû se perdre dans les bois et mourir de faim. Ou refaire sa vie. Pas de corps, pas de cas.

Elle est toujours dans le jardin. Ce qu'il en reste.

Moi, je suis parti vivre ailleurs, un peu plus loin vers le sud, avec un peu d'argent que Patrick m'a donné. Là-bas, j'ai travaillé. Comme mécanicien dans un garage. On ne me posait pas de questions. Le temps est passé.

Et puis, quand je suis devenu trop vieux, j'ai voulu revenir ici, là où j'ai toujours vécu, où je suis né, dans ma maison. Chaque jour, vers dix-sept heures, je vais voir Lucas au cimetière.

Ça me fait mal de penser qu'il devrait avoir ton âge – quel visage il aurait, dans sa maturité ? –, qu'il devrait être père à son tour – quel visage il pourrait bien avoir ? Je le vois avec mes traits, c'est curieux, plus je vieillis, plus je le confonds avec moi jeune homme. Lucas a toujours seize ans dans ma tête.

Parfois, quand le soleil se couche et que la poussière ressemble à de l'or, je crois voir sa silhouette tout au bout de la route.

DE LA MÊME AUTRICE

Aux Éditions Gallimard

Dans la Série Noire

SON AUTRE MORT, 2019, Folio Policier nº 910.

LES CORPS BRISÉS, 2017, Folio Policier nº 880.

ET ILS OUBLIERONT LA COLÈRE, 2015, Folio Policier nº 831.

L'EXPATRIÉE, 2013, Folio Policier nº 736.

BLACK BLOCS, 2012, Folio Policier nº 862.

LES YEUX DES MORTS, 2010, Folio Policier nº 656.

Dans La Noire

L'ÂME DU FUSIL, 2021, Folio Policier nº 973.

Dans la collection Folio 2 €

PETIT ÉLOGE DES BRUNES, 2013, Folio 2 € nº 5638.

Chez d'autres éditeurs

EN PIÈCES, Éditions du Panama, 2006.

RECHERCHE DU SANG, Éditions du Félin, 2003.

Tous les papiers utilisés pour les ouvrages des collections Folio sont certifiés et proviennent de forêts gérées durablement.

Composition APS-ie
Impression Maury Imprimeur
45330 Malesherbes
le 26 septembre 2022
Dépôt légal : septembre 2022
N° d'imprimeur : 265491

ISBN 978-2-07-296562-3 / Imprimé en France

401791